AF582707

ÁRBOL DE CUENTOS

GANADORES DEL CERTAMEN LUIS FERRERO ACOSTA
2015-2023

Compiladores:
Óscar Leonardo Cruz Alvarado
Marjorie Jiménez Castro

www.edicionesrubeo.com

www.mcharrell.com
ISBN: 978-84-129331-7-8

Presentación

Marjorie Jiménez Castro

> *"No sé con claridad si aquella semilla que me dio vida en 1930, al nutrirse de los jugos americanos, creció libre y fecunda. De lo primero, tal vez sí; de lo segundo, habrá que esperar mucho..."*
>
> Luis Ferrero Acosta

El arte ha tenido una marcada influencia en la historia humana. La literatura, en primera instancia, propició la forja de las distintas lenguas del viejo continente. Desde su inicio, este arte ha estado al servicio del pueblo, por eso versó sobre héroes, sobre amores cotidianos, sobre tragedias, engaños, tristezas y alegrías de la persona común. Algunas veces desvió la atención a reyes y reinas o a seres imaginarios, pero su propósito fue siempre el de acercarlos a la gente común.

El arte por el arte no tiene sentido, es materia perdida, es tiempo inerte. Bien apunta Gombrowicz, "De modo que, si queremos que la cultura no pierda todo contacto con el ser humano, debemos interrumpir de vez en cuando nuestra laboriosa creación y comprobar si lo que creamos nos expresa.". La vena literaria ha de expresar con transparencia y sinceridad el ser del artista. No dejarse llevar por imposiciones, ni elevarse a partir de falsas adulaciones. Es un trabajo duro, laborioso con el fin único de relatar, describir, comprender y hasta transformar, para bien, la cotidiana realidad de aquellos que son sus receptores.

Desde esta perspectiva y siguiendo a Gombrowicz,

dos tipos de humanismo, contrapuestos, enmarcan el quehacer artístico. Uno es el que nos postra ante la obra humana, nos obliga a adorarla y respetarla, a venerar la música, la poesía, el Estado, la literatura, etc.; la otra, busca devolver al ser humano, su autonomía y libertad con respecto a estos dioses y musas "que, al fin y al cabo, son su propia obra". Escritor humanista es el creador de obras que emergen de sus mundos internos sin apartarse de los otros mundos que rozan el suyo. Es el que reconoce que escribe para un pueblo del cual depende.

En el año 772 de nuestra era, el herrero Mateo obsequió a don Pelayo, primer monarca del reino de Asturias, mil herraduras para herrar sus caballos antes de la batalla de Covadonga. Desde entonces, se le conoció como Mateo "El Ferreru", vocablo asturiano que designa a la persona trabajadora del hierro. Este es el origen del apellido paterno de nuestro Luis Ferrero Acosta, quien además supo conjugarlo con el apellido materno. Por una parte, fue persona férrea en sus convicciones, en sus propósitos y en su trabajo, gracias al cual forjó más de cien títulos. Por otra, fue persona acosta, es decir, cercana al pueblo, a su pueblo orotinense que lo vio nacer y al pueblo de toda la nación costarricense. Ferrero Acosta escribió para su pueblo.

Hace 19 años llevó su forja a otro destino, no obstante, por las tardes silenciosas todavía es posible escuchar, a lo lejos, el sonido de su mazo que no para de forjar. Ya no nos es posible abrazarlo, contemplar su franca sonrisa, o escucharlo contar un sinfín de historias, sin embargo, en esas tardes calladas, todavía advertimos su presencia. Forjó un diccionario de costarriqueñismos, textos sobre teoría del arte, historia de la lingüística, antropología, arqueología, y ensayos sobre temas culturales. Sus armas supieron defender el patrimonio arqueológico costarricense, y de su forja, varias bibliotecas rurales vieron la luz. En noches cuando la luz nos abandona, sobre el horizonte, contemplamos su forja aún encendida, inspiradora por siempre de la cultura costarricense.

El trabajo de Ferrero Acosta es un prisma de múltiples y admirables proyecciones. Su profunda sencillez llama la atención tal y como él mismo dice: "[...] inicié la búsqueda de vocablos exóticos, difíciles para irlos regando en mis prosas. De no haber sido por Azorín hubiera caído en un preciosismo literario, como un "precioso ridículo". Por largo tiempo me solacé en hacerlo. Hoy, persiguiendo esencias y honduras, trato de simplificar y sugerir, hiriendo no sólo la inteligencia sino el corazón." Tarea difícil para cualquiera que intente hacer sonar las letras sobre el lienzo, seguir la huella de nuestro forjador literario.

Sembró Luis Ferrero Acosta, en 1968, el "Árbol de recuerdos", obra compuesta de relatos sobre su infancia, adolescencia y su vida en Orotina y en el Barrio Luján de la ciudad de San José. Gracias al certamen "Luis Ferrero Acosta", celebrado en el 2015 coordinado por Óscar Leonardo Cruz Alvarado, me complace presentar ahora una colección de textos que nutren y agrandan este árbol de recuerdos. En ellos se encontrará la historia de una madre y su hijo que, al perseguir su sueño, termina reflejado en el ojo una ballena, también madre; del abuelo que narra a su nieto el amor de juventud, en el cono sur, con una reconocida escultora; del piloto de guerra y su sueño en navidad; de la cotidianidad entre las fronteras de un autobús y la reflexión sobre transportes públicos sin asientos. Relatos sobre la creación de seres similares al *dopplegänger*, con capacidad asombrosa de casi sustituir al propio creador; de aventurarse a mostrar una faceta particular de la mafia, de la lealtad y amor paternal del que quizás solo sean capaces de profesar los verdaderos "capos". De la perspectiva sobre cronos que tienen los viejos, sus recuerdos, necesidades, alegrías y nostalgias, y que al final, nos participan a todos en ese constante fluir del tiempo; de personas que se movilizan en automóvil mientras que otras viven en "tierras en-ma-ra-ña-das de arbustos secos"; y de sueños, sueños de taxidermistas y sus taxidérmicos.

Como mujer, extraño en este texto el tintineo producido por el mazo de la herrera vietnamita Do Thi Tuyen, mujer de 55 años de edad y que lleva más de 40 años en la forja. Ni el calor sofocante, ni las gotas de sudor que recorren tras sus gafas y máscara protectora, son capaces de apaciguar la tenacidad de esta mujer, así como nada ha enfriado el calor creador de la escritora costarricense, cuyo fruto, en próximas ediciones, merece abonar el árbol de los recuerdos.

La semilla aquí presentada, inspirada por el certamen Luis Ferrero Acosta, germinó y creció.

Ahora toca esperar...

Prólogo

Literatura para aligerar la carga: breve historia de un certamen

[1]Calú Cruz

La literatura, esa agraciada doncella que desempeña un papel fundamental en la sociedad, le permite al individuo explorar y comprender la complejidad de su propia condición humana a través de expresiones previamente elaboradas-pensadas que, luego, toman forma en el papel. Por algo se piensa que la literatura es una de las manifestaciones más valiosas que posee el ser humano.

A lo largo de la historia de la humanidad, las artes literarias han servido como herramienta para transmitir conocimientos, emociones, experiencias y reflexiones; enriqueciendo esa comprensión del mundo que nos rodea. Es a través de las obras literarias, que los autores nos trasladan a universos imaginarios, nos convidan a reflexionar sobre la condición humana a la vez que nos muestran lecciones de vida, los valores fundamentales para la convivencia social o la señalización de la degradación social.

---

[1]*Óscar Leonardo Cruz Alvarado* es narrador, poeta, docente, gestor cultural, presidente y coordinador del Colectivo Cultural Birlocha y de la Birlocha Literaria, ambos en Orotina. Es coordinador por la provincia de Alajuela para la Unión Hispanomundial de Escritores y fue designado como Director Ejecutivo, Embajador Cultural Itinerante y Embajador Emérito Colegiado por la Confederación Latinoamericana de Escritores, Artistas y Poetas del Mundo (CONLEAM) que tiene sede en Argentina. Además, Calú, fue el gestor y propulsor del Certamen Luis Ferrero Acosta.

En un primer contacto, la literatura proporciona un medio más para comunicarnos o enunciarnos, si se puede decir así, y poder conectar con los demás. Gracias al poder avasallador de los textos y sus historias, los escritores y lectores comparten experiencias habituales o comunes entre sí; se conectan emocionalmente y logran establecer puentes entre las diferentes culturas y sociedades, hasta hacerlas trascender en el tiempo.

De este modo, la literatura permite, al lector, empatizar con personajes ficticios o reales, entender sus diferentes puntos de vista y ampliar esa perspectiva del mundo; o modificarla para siempre. Sin lugar a dudas, ella tiene un impacto educativo enorme.

Ahora bien, tomando en cuenta lo anterior, el cantón de Orotina, ubicado en la provincia de Alajuela, decidió adoptar el quehacer literario como un estandarte distintivo ya que aquí su gente no descansa con tal de enaltecer los más nobles valores de colaboración y superación. Sin casi ninguna incursión directa del Gobierno, el arraigo y tesón son condimentos de su gente. Y no es para menos, al ser esta la cuna del prócer, escritor e investigador, Luis Ferrero Acosta.

Más de diez años de trayectoria acompañan al Colectivo Cultural Birlocha dirigido por este servidor que les escribe. Esta labor titánica dio inicio en el Museo Juan Santamaría de Alajuela en el año 2013.

Desde entonces, nuestra agrupación gestiona espacios de encuentro donde convergen las más hermosas manifestaciones artísticas y, además, brinda un lugar idóneo para quienes se dedican a ellas: bailarines, cantantes, poetas, narradores, músicos, escultores, cuenta cuentos, pintores, malabaristas, invitados nacionales e internacionales; todos han desfilado por esta alfombra roja que se les extiende en Orotina con la intención de llevar colorido a los hogares más prósperos y a los más humildes de la zona.

Pero no fue sino hasta la edición 2015 de nuestra Birlocha Literaria, que se decidió inaugurar el Certamen Luis Ferrero Acosta en la modalidad relato. En coordinación con la Municipalidad de Orotina y la Universidad Estatal a Distancia (UNED), con sede en Orotina, el primer certamen recibió obras provenientes de las siete provincias. Para garantizar la transparencia a los escritores, sus obras fueron recibidas bajo un pseudónimo y tratadas con todo el rigor y anonimato posibles.

Para la primera ocasión, se recibió una donación económica de parte de Coocique y con ella se pudo pagar el premio a nuestro ganador. En aquella oportunidad fungieron como miembros del jurado Guillermo Fernández Álvarez y Daniel Garro Sánchez, ambos escritores reconocidos a nivel nacional.

Hasta la fecha, el trato a las obras recibidas ha seguido la misma tónica y los miembros del jurado, en todas las ediciones, han sido muy variados (escritores, catedráticos, ganadores de los certámenes anteriores o profesores). Todo esto con tal de que nuestro certamen no caiga en los vicios que, tristemente, han caído otros certámenes a nivel nacional.

Gracias a esta labor desinteresada en pro del arte y la cultura, nuestro colectivo decidió tramitar una declaratoria de interés cultural ante al Ministerio de Cultura y Juventud, la cual fue aprobada y ratificada el seis de abril del año 2022 (acuerdo ejecutivo N°. 047-C). Y es por esto que, simultáneamente, nuestro certamen goza de gran prestigio a nivel nacional y de trascendencia en el tiempo.

Desde el Colectivo Cultural Birlocha agradecemos a los escritores que decidieron ser parte de esta antología, es decir, a quienes no nos abandonaron, confiaron en su talento y hoy hacen historia en conjunto con nosotros. Es por ello que esta singular obra, que reúne a los ganadores de las ediciones 2015, 2016, 2017, 2020, 2021, 2022 y 2023; debe verse como una muestra más de nuestra gratitud hacia ellos, y del merecido reconocimiento a sus letras.

¡Gracias por haber creído en nuestro certamen!

2015
Andrey Araya Rojas

Nació en Costa Rica en 1980. Es periodista y escritor. Licenciado en Comunicación de Masas por la Universidad Federada San Judas Tadeo. Ha publicado en solitario el libro de cuentos Todavía el olvido (EUNED, Costa Rica, 2014); el libro coral de relatos Borges, el hombre que no sabe morir (Editorial Nueva Generación, Argentina, 2021); el "Comentario crítico de Periodismo al límite: Más de cien años de crónicas latinoamericanas", (Ediciones COMOARTES, España, 2013), donde también ha publicado microrrelatos incluidos en la "Antología de microficción narrativa: 400 de los mejores cuentos hiperbreves (2014). Con ese género participó también en el libro Vía 28, Antología de Voces de la Prosa Nacional (Editorial Letra Maya, Costa Rica, 2018). Ha colaborado como autor en los libros de crónicas Aún somos cabécares y Don Pepe: Crónicas al pie del hombre, de la Universidad Federada San Judas Tadeo, así como en Ngäbe quiere decir persona, obra conjunta entre la San Judas y la Universidad Autónoma de Chiriquí (Panamá). En los últimos años ha colaborado con narrativa de ficción, reseñas, artículos académicos y crónicas en revistas digitales dentro y fuera del país, como Círculo de Poesía (México), Cuba Encuentro (Cuba), Teoría y Praxis (El Salvador), La Mascarada (México), A 4 Manos (México), y Vacío (Costa Rica). En 2014 ganó el Premio Joven Creación de la Editorial Costa Rica por la crónica periodística "Adrián Blues" y en 2015 obtuvo el Premio Luis Ferrero Acosta de Cuento por el relato "Ojo de ballena".

Ojo de ballena

Primera parte: la tierra

Estoy sentado en el banco del corredor que da al jardín. Los pesados goterones empujan el frío hacia mí; cierro los brazos sobre el pecho y encojo las rodillas para rescatar algún rastro de calor. Ojalá pudiera decir: estoy mirando la lluvia, como si las palabras significaran solamente eso y el recuerdo de Felipe no asomara su risa mínima e inacabada entre las dalias y las hojas de lotería. Quiero entrar, pero no puedo dejar de mirar el movimiento cabizbajo de las hojas al ser golpeadas por el agua.

Mamá está dentro de la casa.

Quiero levantarme de aquí, dejar esta inmovilidad callada que me hace desear decir: estoy mirando la lluvia, y que sea nada más eso. Desde aquí siento el dedal ansioso de mamá. Sé que está en su cuarto, el más grande de la casa, el más opaco, el testigo discreto de los encuentros amatorios que a Felipe y a mí nos lanzaron al mundo. Está sentada en una silla de mimbre viejo, pero da la impresión de que ese mimbre ya estaba viejo cuando alguien decidió transformarlo en silla, así que la silla era vieja ya antes de ser silla. Lo mismo pasa con mamá. Si alguien la viera ahora sentada con sus telas y agujas, balanceando las arrugas de sus manos entre puntada y puntada, diría que siempre ha tenido setenta años, que siempre estuvo ahí, rumiando la tristeza aún antes de comenzar el conteo irrebatible de los años.

No me ha dicho: "entrá antes de que te resfriés", pero sé que me está llamando con su silencio, con el azorado rumor de su dedal incansable. Ahora escucho un silbido, como si el aguacero recuperara su aliento en un último y desesperado estertor por intentar vencer a la tarde. Mamá me llama ahora con su voz rezagada. Ahora sí me habla de verdad. Cuando me decida a entrar sé que mamá seguirá sentada en la misma posición que tenía cuando Felipe se fue. Estará zurciendo como cuando mi hermano, de cuclillas, inmenso, sólido, con esa decisión inconmovible que siempre envidié desde que éramos niños, le dijo: "me voy, mamá. ¿Me escuchás?".

Por supuesto que mamá lo escuchó, pero se tomó un tiempo, un breve descanso para acomodar palabra por palabra la sentencia estrenada en sus débiles oídos.

"Queda lejos, hacia el sur", atinó a decir Felipe cuando mamá le preguntó dónde quedaba Chile.

El jardín no ha cambiado mucho en los cuatro años que han pasado desde que Felipe se fue. Tampoco desde que éramos niños, cuando cazábamos lagartijas y aunque yo insistía en arrojárselas al patio de doña Julia, Felipe me las arrebataba para abrirlas con uno de los cuchillos pequeños de la cocina. Al principio pensé que había algo de cruel en mi hermano, pero después constaté que en él se arremolinaba una curiosidad acuciante, luminosa, un asombro permanente que caía en cada objeto que aprisionábamos en nuestras manos inexpertas. Esa curiosidad innata se hizo con los años más intensa y volátil.

Creo que todo comenzó a suceder (y digo comenzó, porque ahora estoy convencido que las cosas no suceden o sucedieron; todo está sucediendo, en este instante, ahora, con esta lluvia nueva y el viejo frío que se me planta en los pies ateridos como un perro ante su amo) cuando Felipe fue a conocer las ballenas. Yo lo acompañé en aquel viaje a la península de Osa. Un viaje común y corriente para cualquier estudiante de biología marina. Pero Felipe era distinto; siempre lo fue, desde niño, cuando sacaba los peces dorados de la pecera para trasladarlos a unos pequeños recipientes preparados por él, todo para ver un cambio sutil que escapaba a los ojos de los demás. Lo noté cuando vimos ese gran animal rompiendo el mar, esa gran herida oscura cerrándose y abriéndose, subiendo y bajando. Mamá no estaba ahí cuando sucedió, así que nunca entendió por qué mi hermano tomó la decisión de irse meses después. Si hubiera presenciado cómo su sonrisilla siempre fácil y sus ojos llenos y cálidos se transmutaron poco a poco en algo que nunca había visto antes. De pronto, solo estaban él y la ballena, ellos dos pariéndose el uno al otro, aprendiéndose mutuamente, inventando cantos ancestrales que se reprodujeron como múltiples espejos en sus tímpanos...

Un leve ruido llega desde adentro de la casa. Es mamá buscando y rebuscando entre papeles viejos que debería dejar en paz. Ahora abre el cajón del armario. Sí, es el cajón del armario, no puedo confundirlo con otro: su sonido opaco y carcomido no deja lugar a dudas. Creo que mamá piensa lo mismo que yo, incluso antes que yo. El tiempo hace que las cosas se amplifiquen, que ya no sean lo que solían ser, todo está en estado embrionario, hasta que un día nos damos cuenta de que abrir un cajón, ese cajón, ya no es lo mismo que abrir uno cualquiera, como no es lo mismo abrir ese sobre, o decir estoy mirando la lluvia y seguir pensando que es un aguacero casi calcado, repetido sin variación no sé cuántas veces desde hace cuarenta años, desde que mi familia habita esta casa, y creer que las gotas siempre golpean igual el techo cansado y nos dice lo mismo cada invierno.

Pero esta misma lluvia es la que me hace recordar el día que Felipe se fue. Lo puedo ver de cuclillas frente a mamá. Tiene esa mirada azul verdosa, agitada, indeleblemente absorta y feliz que tenía cuando conoció las ballenas. Ella sigue tejiendo como si esperara un cambio de dirección, una palabra distinta a la que sabe que escuchará. Pero Felipe está decidido, y pronuncia esa frase viscosa, pesada, que cae sobre todos los años apelmazados de mamá. Felipe espera a que levante el rostro, que separe la vista del maldito bordado, pero ella no da tregua; se queda quieta, mordisquea cada momento de esos que sabe (¿sabe?) serán los últimos. Estoy en el quicio de la puerta de su cuarto. Los veo a los dos: pequeños, iluminados temerosamente por la luz que logra entrar a empujones por la ventana opaca. Mamá coloca el bordado sobre sus rodillas. Ahora, por fin, está mirando a Felipe, pero lo ve más allá de él. Intenta entenderlo, asir con su comprensión de madre convencional su ánimo aventurero. Es demasiado para ella: "¡las ballenas, mamá! ¡Toda la vida que explota ante nosotros! Como un llamado antiguo, primigenio. ¿Ves, mamá? Chile es el lugar ideal, lo he investigado; sólo serán tres años, mamá, patrocinados por la universidad, imaginate". Pero no pudo imaginarlo, porque la única imagen que mamá comprendió fue el espacio vacío de la silla de Felipe, la perfecta calma de su cama sin arrugas, la inevitable puerta cerrada de su cuarto durante cuatro años, el plato de menos en la mesa, ese ruido ensordecedor de la ausencia de sus pasos.

Ahora que la lluvia se va callando como un vigía cansado de gritar, puedo escuchar mejor los dedos de mamá hurgando entre los papeles del cajón del armario. Le he dicho muchas veces que lo deje todo así, que

Felipe se fue porque era más grande que nosotros, quería ver y sentir más allá de lo que llegaríamos a entender nunca. Quizás por eso no cumplió su promesa: "sólo son tres años, mamá". Pero se quedó ahí, persiguiendo esos grandes animales, escrutándolos, arrinconándolos para sacarles a golpe de paciencia sus secretos místicos y descifrar su lenguaje líquido y universal como una sinfonía esculpida en la profundidad ciega del mar. Sí, mamá, tuviste que haberlo visto. Las notas suspendidas en los tímpanos. Felipe flotando junto a mí y sobre todos. "Ahora el arpegio" —volvía a decir el capitán— ese chillido cálido como el llanto de un bebé. La pantalla bailando con sus puntos luminosos y el canto que se acaba en un último estertor profundo que hizo vibrar nuestras pupilas.

Segunda parte: el océano

No puedo creer que hayan pasado cuatro años desde que me fui. Cuando le dije a mamá que me iría pensé en tres años, a lo sumo. Pero todo ha pasado tan rápido y el mar se me ha volcado generosamente como si siempre me hubiera esperado, como si este casco de metal crujiera con un eco profundo y añejo desde antes de que yo traspasara las puertas del aeropuerto.

Quizás esté exagerando, siempre he tendido a exagerar mis sentimientos y expresarme de tal forma que me salta un hilillo de emoción desde el pecho como una campanilla necia y abotargada de tanto sonar. Quisiera darme cuenta de que han valido la pena tantos kilómetros y tantas cosas irresueltas entre Santiago y yo, entre mamá y yo.

Pero el barco no sabe de minucias familiares y nos disponemos a zarpar. Mientras avanzamos a través de las islas, poco a poco se alejan más de nosotros los grandes conos blancos de la cordillera del Piuchén. El cielo es nuboso en este archipiélago de Chiloé, y el mar adentro no se queda atrás. Una mancha gris y uniforme se esparce sobre nosotros y da la sensación de casi caer como una gigantesca plancha metálica sobre el océano. Los muchachos están acostumbrados a esta sensación de arrobamiento que producen las cosas enormes y difusas. Pero yo soy apenas un aprendiz, a pesar de mis cuatro años en mar abierto. El Chino, un santiagueño tan corpulento como efusivo, tiene más de una década persiguiendo ballenas, etiquetándolas para después convertirlas en cifras que puedan graficarse en su computadora; Friedman, el gringo, después de graduarse hace siete años de biólogo marino con una beca en la universidad de California, se vino de sopetón a Chile, donde el Chino le enseñó todo lo que sabía; y claro, Manuel Girardi, el capitán y rudo de abordo, más de una vez ha luchado a brazo partido contra el mar para que este no se lleve las sondas y los aparejos en las tempestades, como esa que nos anuncian las nubes cargadas de látigos eléctricos que se retuercen brutalmente por todo el celaje.

Algo me pasa por la mente, pero procuro olvidarlo, un leve desvarío que deseo no se interponga en una carrera que puede durar días y hasta semanas. Llevamos suficiente combustible y comida para aguantar, pero el ánimo es algo que no se alimenta con sopa de fideos ni pescado. Lo olvido, fue lo que dije, aunque pienso ahora en Santiago y si estará cuidando bien a mamá. ¿Qué estoy diciendo? ¡Por supuesto que la está cuidando bien! Aunque a veces pareciera que ella vive en su propio océano y nosotros somos pequeños crustáceos que vamos a la deriva en sus olas caprichosas. Sí, definitivamente mamá está bien, no me cabe la menor duda y puedo volver a mis tareas con un renovado convencimiento de que esta vez las veremos. Este día es importante porque tiene que salir bien sobre todas las cosas. Tendremos suerte si vemos alguna ballena azul con su ballenato, pues la temporada de crianza está casi por finalizar. La radio nos previene sobre la tormenta que ya habíamos vaticinado.

Ya llevamos cerca de una hora con los ojos fríos y expectantes sobre la borda, cuando vemos un gran soplo de agua que se eleva sobre la superficie. Le arrebato los binóculos a Friedman y logro ver el largo lomo, la esbelta aleta dorsal de una ballena azul. Manuel enfila el barco para acercarse lo más posible, pero sin incomodar a la ballena. Entonces escuchamos un grito gravísimo saliendo de la amplia garganta del Chino. "¡Mierda! ¡Miren, viene con un ballenato!", nos dice a todos con los ojos vidriosos casi saliéndosele de las órbitas. Les comenzamos a tomar fotografías para comparar después con nuestros registros las irrepetibles marcas de las aletas, como huellas digitales, que nos permitirán saber si este es un espécimen estudiado antes.

Es difícil conservar el equilibrio para no hacer temblar los objetivos de las cámaras en este mar tan movido por el viento helado que hace un rato casi nos hace devolvernos a Chiloé. Friedman avista algo extraño que se acerca rápidamente a las ballenas. Son orcas, quince por lo menos. Una vez que las alcanzan, rodean a la ballena y su cría, intentando meterse entre ellas. La madre es enorme, de casi treinta metros, pero no puede luchar contra las orcas y proteger a su cría al mismo tiempo. Entre una vorágine de aletas y de espuma sobre los dorsos de las orcas, el ballenato es alejado de su madre. Las orcas brincan violentamente sobre él para intentar ahogarlo, y la gran ballena azul, en un intento arrancado de quién sabe qué poder profundo, se sumerge para después salir por debajo de su cría para sacarla a flote e impedir que se ahogue; pero las quince orcas son más fuertes y no cesan hasta que el ballenato deja de moverse. La madre se queda cerca de la orgía que han armado las orcas. Ellas se retiran rápido. Después de retar a muerte al gran cetáceo, solo se comen unas cuantas partes de la pequeña cría. Quizás el aturdimiento de la ballena nos permite acercarnos más de la cuenta y permitirnos observar el ritual último con el que la madre se despide de su cría, de esa breve existencia que el mar le prestó y le arrebató después con casi la misma violencia y dolor con el que llegó al mundo. Ella se sumerge para empujar con su nariz los restos ahora disgregados bajo aquella superficie teñida de rojo que se nos clava en la mirada con un sentimiento nuevo y apremiante. En un momento, la ballena sube y nos observa con una mirada larga, infinita como esas nubes que nos caerán del cielo, como el periplo que le espera hacia el norte, donde seguro volverá a aparearse para tentar nuevamente la vida.

Me quedo observando ese gran ojo en el que cabría toda mi cabeza, y pienso en mamá, en su soledad, en la carta que desde hace tiempo pensaba escribirle (y que ahora estoy seguro de hacerla) diciéndole que no volveré, que algo poderoso y ancestral me ató aquí pero que no por eso me pone más lejos de ella. Veo ese gran ojo antes de sumergirse nuevamente y apenas me da tiempo para pedirle perdón por no haber podido salvar a su ballenato. "No sos la única", le digo susurrando.

2016
Carlos Cárdenas García

Nació el 24 de octubre de 1991. Desafió la estadística de mortalidad del Hospital San Vicente de Paúl en Heredia; verdaderamente, este es su dato biográfico relevante.

Se graduó del kínder en la escuela Rafael Moya Murillo. Máster en Derecho Constitucional por la Universidad de Sevilla. Asimismo, consecuencia de sus variados escarceos, es desarrollador de software y también cursó estudios universitarios de Música en la Universidad Nacional. Ha integrado distintos talleres y grupos literarios.

En el 2016 ganó el certamen Luis Ferrero Acosta en la modalidad de relato. El autor que fungió de modelo para dicho relato fue J. L. Borges, o el otro que lo sueña.

SEMBLANZA DE CÍNCEL HÄUSSLER

«Pero arriba, a la izquierda, a través de una ventanita, se veía una escena pequeña y remota: una playa solitaria y una mujer que miraba el mar. Era una mujer que miraba como esperando algo, quizá algún llamado apagado y distante. La escena sugería, en mi opinión, una soledad ansiosa y absoluta».
(*El Túnel*, III, Ernesto Sábato)

Céncel Häussler fue una escultora prominente a mediados del siglo XX. Por veredicto de las voces nadie es profeta en su propia tierra, así que, a pesar de su modesta importancia en las latitudes norte, nunca tuvo una trascendencia especial que la hiciera compartir lobby con otros que se convertirían íconos de la época. No habría cenas elegantes con rapé, no habría bohemios en cafés parisinos hablando de su obra, no existirían círculos clandestinos que alabasen su labor, no cantaría ningún *crooner* en sus exposiciones de galería, no existirían *soirées* con invitación de carácter *répondez s'il vous plaît* (RSVP) de Dalí, Picasso, Man Ray, o Duchamp, que la esperasen a ella para compartir conceptos y sexo. Nunca llegaría a los intocables.

Cíncel, en algún momento de la II Guerra Mundial, recibiría una carta del catedrático Alfonso Arte, argentino de la provincia de Buenos Aires. Al parecer, por el *boom* cultural criollo, la política argentina se había empecinado en repatriar a artistas europeos que buscaran una fuga a la guerra, una especie de salvoconducto para recibirlos con abrazos de mamá en Argentina, para revolver a propios y extraños, para escuchar en acentos añejos, con esforzada pronunciación: ¡todos somos argentinos, che! Ese era el sueño. Tras bambalinas, no es un secreto que Buenos Aires se beneficiaba con ser el París latinoamericano... *Voilà le rêve*, suspiraban los bonaerenses. Así corrían los días por allá: unos aprendiendo español, otros desaprendiéndolo y, al final, todos fingiendo el romance con la lengua.

Su natal Düsseldorf había sido objetivo estratégico de guerra, y ya para el 18 de abril de 1945 había sido tomada por la División 97 o División Tridente, maestros estrategas de los Aliados. Ahora, donde una vez existió urbanidad, se erguían expuestas en la calle imponentes esculturas de hueso y ladrillo, *¡objet trouvé!*: un sueño para Duchamp.

Cíncel, ahora obligada por la condición desfavorable del Tercer Reich, resolvió emprender lo antes posible, luego de dos años emitida la invitación, el viaje a Argentina. Para sorpresa de ella, la modesta fama que la catapultó a este viaje había crecido por la incertidumbre de si seguía viva o no. Ella comprendió que el morbo amamanta las masas, y aceptó de buena manera que se considerara mejor su obra por suponer que ahora era irrepetible. Así, ella empezaría su inmortalidad muy lejos de Europa, en su paso por la Escuela de Arte de Mar del Plata.

De algún detalle extra de Cíncel Häussler no sé más que lo que expreso acá. Si buscan más detalles importantes de Cíncel pueden ir a alguna biblioteca pública, ver la película de Trapattoni, o ir a la Facultad de Bellas Artes en Argentina que lleva su nombre. Por internet no se encontrarán con nada más trascendental que fechas, anécdotas, algunas conspiraciones y fotos.

Mi abuelo, Edgar Cárdenas, por la época fue un entusiasta de las artes, con especial afición por la plástica. Admiraba a Max Jiménez y, en algún momento antes de irse al sur, lo conoció a él acá, en Costa Rica. Entablaron amistad y éste lo convenció de que explotara su potencial en Argentina. Su padre, con algún esfuerzo, le costeó el viaje al sur para el estudio de diseño escultórico: ahí fue donde conoció a Cíncel. Por cosas del destino vería la muerte de Jiménez en Buenos Aires el 3 de mayo de 1947, tras duras conversaciones existencialistas que mantuvieron semanas anteriores Cíncel, Jiménez, y él.

Don Edgar, a como lo recuerdo, siempre mantuvo esa chispa, esa forma de mantener a las personas a su alrededor sin importar el tema, esa picardía; tal vez por eso captó la atención de una mujer con varios soles encima, como Cíncel. Me dijo que tuvo un romance con ella, que compartieron varios años, de ahí su historia no oficial. La siguiente, de hecho, yo la sé por boca de él, alguna vez que compartimos una caminata por barrio Roosevelt, en San Pedro.

Mi abuelo llegó a la Argentina para el verano de 1946, con el ascenso de Perón. Cada cinco minutos detuvo la historia para decirme lo bella que era Evita, que ese fue el verdadero milagro argentino. No paraba de hablar de su cabello puro, y todas las veces lo dijo como si Evita fuese muy suya. Comentó que él, por ser de acá, veía a las rubias más extravagantes, diferentes, que tal vez también por eso Cíncel lo pescó a primera vista. Ahora se refería a Cíncel, insistentemente, como la mujer con la sonrisa de miel. Yo lo sentí por mi abuela.

Cíncel llegó a Mar del Plata a finales de 1945. Apenas llegó le ofrecieron una plaza como profesora en la Escuela de Arte, lo que aceptó alegremente; sin embargo, propuso estar de oyente un año para acoplarse al idioma y a la academia. Así, el primer año asistió como oyente a las clases. Se le hizo fácil la vida en Mar del Plata y no extrañó los chalets alemanes: la arquitectura con influencia pintoresquista y del art déco se había encargado de impregnar el aire europeo en el pueblo, dándole el buen augurio de la Biarritz argentina, cosa que no pasó desapercibida entre los adinerados de la época.

Mi abuelo se instaló en una pequeña casa en la calle Montparnasse, ahora calle Almirante Brown, a sólo dos cuadras de Villa Normandy, casa imponente que, por su belleza, se la habían asignado al colosal mito que representaba Cíncel (que se había hecho esperar unos cuantos años en Mar del Plata). La casa le pertenecía a Felix Delor, francés que había construido el recinto como residencia vacacional, por lo que por un generosísimo pago del gobierno éste asintió a entregarla. Y es que así era el modus operandi en el boom: el gobierno se aseguraba de una repartición de artistas por toda la Argentina, les asignaban una especie de pueblo-casa que los recibiría como ídolos y, así, los terminaban haciendo sentir intocables después de estar rotos en su antigua patria. Era darles esa palmadita que no se da y se extraña cuando hace frío. Los enajenaban, ¡che!

Cíncel, en el proceso de aprender español, tuvo que leer para adaptarse. Se encontró maravillada con Roberto Arlt, en una normal simpatía por la sangre alemana. Disfrutaba también de los primeros textos en revistas de Cortázar, y se propuso conocer a Borges luego de leer Ficciones, que resultaba lectura obligatoria desde que se publicó. A este último lo pudo conocer; sin embargo, él no la conoció a ella. Mi abuelo mencionó que fue por negligencia de Cíncel, ya que Borges estuvo anuente a conocer sus obras desde antes que ella llegara, pero quedo ciego en 1955, momento en que al fin coincidieron en un encuentro. Borges, en ese encuentro, rozó las esculturas de Cíncel hasta llegar a las caricias: lloró desconsolado. Se ha dicho erróneamente que el primer párrafo de "Poema de los dones" lo escribió Borges motivado en la ironía de ser nombrado director de la Biblioteca Nacional y quedar ciego el mismo año:

Nadie rebaje a lágrima o reproche
esta declaración de la maestría
de Dios, que con magnífica ironía
me dio a la vez los libros y la noche.

No existe mayor traición a la verdad. Los pocos que estuvieron presentes en el encuentro, entre ellos mi abuelo, dicen que la verdadera motivación fue el encuentro de sus manos con la forma, con la mujer. Que eso mismo fue lo que, embelesado, gimoteó a los pocos presentes, mientras que sus ojos de nube trataban de adivinar una mirada directa al rostro de ella. Realmente lo que Borges dijo abatido en ese momento fue:

Nadie rebaje a lágrima o reproche
esta declaración de la maestría
de Dios, que con magnífica ironía
me dio a la vez a Cíncel y la noche.

Mi abuelo recordó que Borges, luego de eso, pidió que lo retiraran de Villa Normandy. No se volvieron a encontrar más los que nunca se vieron. La muerte de Cíncel no estaba muy lejos. Este encuentro ocurrió en el último año que mi abuelo estuvo en Argentina, antes de dejarla.

La primera vez que Cíncel y mi abuelo se vieron fue en el primer año de ambos en la universidad, en una clase de "Introducción metodológica al proceso de realización de un cubo". Los dos se acariciaron con los ojos: ella sutil, con la categoría de una señora, él de la forma más torpe, con el ímpetu de un inexperto. Al terminar la clase, ella, del otro lado del auditorio, le exhaló un par de palabras ininteligibles que lo mantuvieron torpe hasta la próxima semana.

Mi abuelo, al ser extranjero, no sabía cómo lucía Líncel; aún no se había encarnado el nombre con esa señora de sonrisa de miel. Por supuesto que él, viviendo en Mar del Plata, desde su llegada había oído de la artista plástica alemana que creían muerta y que por fin había llegado a tierra argentina, pero no más que eso. Me confesó que no le habían llamado especialmente la atención las esculturas que había observado de ella.

Para la siguiente semana, la ansiedad agujereaba sin piedad el tiempo. Como era costumbre, él impuntual. Entró ocho minutos después del inicio de la clase; no se enteró que estaban analizando una obra de Líncel. Al entrar la vio. Se sentó más cerca de ella: el ciervo juega. Mi abuelo hizo alguna acotación que pareció estúpida, como todos los comentarios sinceros sobre una pieza de arte, dejando al auditorio en ese silencio asfixiante que comprime y estruja el *espacio*. Todos, que sabían de la presencia de ella, la voltearon a ver para saber qué opinión merecía lo dicho. Mi abuelo empezó a comprender lo que pasaba. Por su parte, ella comprendió que las presas débiles pastan a una distancia considerable de su depredador para saber de dónde viene el peligro, mientras que las que braman, no les puede importar menos esto. Instinto. La naturaleza nos delata como especie… y en ese momento su deseo explotó. Se quedó callada y lo miró.

Ardía. Asintió y reconoció cierta verdad en lo dicho por él. Lo sintió como un igual. Un hombre que busca la textura, uno que cela lo real. Ella no quería ser adulada, de hecho, estaba cansada de tanto panegírico hacia su persona, hacia su obra, hacia su estatua en el centro de la plaza de Mar del Plata. Se sintió viva, volvió el dulce flagelo.

El profesor acribilló un par de veces con los ojos a mi abuelo y, seguidamente, incómodo, se declaró con algún malestar que le iba imposibilitar seguir con la lección. En la salida mi abuelo, un poco intimidado, salió con zancadas largas, tratando de ignorar el cotilleo entre los compañeros que lo juzgaban. Al final de los escalones estaba ella esperándolo: final del juego. Mi abuelo en esta parte de la historia trastabilla un poco sobre los hechos exactos, no sé si por respeto o por olvido, pero a ciencia cierta sabe que, luego de pasar por Café Bolívar, terminó la noche en Villa Normandy.

Estuvieron juntos unos seis años, lo que le dio un nombre a mi abuelo en Mar del Plata. Sin embargo, como era de esperar, muchos ojos martillo, muchas lenguas clavo, y muchas manos bastardas lo crucificaron de ser un pésimo artista que lograba reconocimiento únicamente por Cíncel. Cuando él me contó esta parte de la historia sentí una verdadera hondura en su voz, y sus ojos rápidamente fueron presagio de un temporal. Entendí entonces el porqué de su recelo al tema de Cíncel y sus años de escultor.

Para él, tal vez, Cíncel fue solamente la Cruz y no la promesa divina proferida a Barrabás. Tal vez nunca pudo darle vida a su mano de taladro y siempre estuvo esperando su verdadero primer golpe. Tal vez, sólo tal vez, desistió a ser la pieza inerte de todos los demás esculpiéndolo a ritmo de Cíncel. Tal vez, digo, lo mutilaron. Mi viejo, Edgar, se volvió frágil como yeso y se desmoronó. Les digo que mi viejo se desmoronó. Le di un poco de tiempo hasta que se reincorporó y sacó una sonrisa encharcada de nostalgia. Contrario a lo que creía, no sentía rencor por ella. Todo él fue empatía. Continuó contándome qué pasó con Cíncel.

En ese tiempo que pasaron juntos, él escuchó setenta veces siete el repudio que ella sentía a la adulación muda, a la masa tibia, al aliento gastado de café que trata de simpatizar. Ella ya no se sentía más como una artista, sentía que había perdido su rumbo, que ya no hacía algo trascendental para ella. Había perdido inspiración, pero se sentía obligada a crear cosas porque detestaba más la falsa ansiedad de sus colegas. Al final, hiciere lo que hiciere, iba a recibir palmadas, lobby, y ceguera. Comprendí que mi abuelo nunca culpó a Cíncel de su frustración, sino que antes de partir de la Argentina él ya se había percatado de que los dos vivían infiernos igual de fríos, pero diametralmente opuestos: la fama que asfixia no es diferente a la indiferencia que olvida, al final las dos son muertes solitarias. La vida los había maniatado.

Esto, consecuentemente, llevó a la ruptura del lazo entre ambos; sin embargo, continuaron siendo cercanos unos años más: como compinches que siguen juntos por inercia más que por voluntad, por necesidad más que por compañía, por linchamiento más que por comprensión.

Hasta aquí Edgar logró contarme. Ya la brisa nocturna afectaba su tos por el cáncer de pulmón, también se quejaba porque no quedaban de sus Derby en la cigarrera, así que accedí a volver a casa. Creí que tendríamos más tiempo para que me detallara esos años, pero fallé. Amaneció hace cuatro días sin vida. En el funeral me he preguntado por qué no insistí más para poder escucharlo luego de esa tarde, pero entonces recuerdo verlo destrozado y entiendo que el fracasado no merece revisitar el olvido. Aun así, en estos días posteriores a la muerte de abuelo, he revisado archivos sobre Cíncel Häussler.

Mi abuelo partió de Argentina a finales de 1955, con el exilio de Perón, mientras que Cíncel murió el 24 de octubre de 1956. Nunca voy a saber si abuelo ignoró su muerte o simplemente no me quiso hablar de ella. Los documentos que he leído tratan de cómo concluyó la vida y carrera de Cíncel. Hablan del encuentro con Borges; sin embargo, con cierta solemnidad y cortesía que, sabía de primera mano, Cíncel no tuvo con él. Sonreí. Edgar realmente estuvo presente. Sospecho que fueron de los últimos días que él estuvo en Argentina. Los documentos dicen que Cíncel en 1956 siguió dando clases de forma regular como catedrática en la Escuela de Arte de Mar del Plata. Se reporta que a partir del primer semestre de 1955 empezó a tener, de manera gradual, comportamientos irregulares a la hora de impartir lecciones. También se comenta que a principios de 1956 mostró en un salón 14 esculturas nuevas en las que había trabajado, que eran totalmente diferentes a lo que había realizado anteriormente en su carrera artística, generando una ola de comentarios por su nuevo arte minimal (así encontrado en titular de El Clarín). Al parecer a Cíncel no le satisfizo la buena crítica que recibió, ya que consideró que ninguno de esos críticos entendía su mensaje y la celebraban por ningún motivo.

Lo último que se relata de Cíncel Häussler es que estuvo impartiendo su lección en una tarde calurosa.

Estaba exponiendo una de sus obras recién develadas y alabadas. Al terminar la clase, y mientras se desalojaba el auditorio, entró una conserje encargada de limpieza. Nunca se sabrá si en broma o muy en serio, pero le preguntó a Cíncel en voz alta:

– Y bueno, missis, ¿esto es arte o lo barro?

En ese momento Cíncel sonrió para sí misma. Lo que quedaba de auditorio se pasmó atónito. Más adelante, por esas últimas obras presentadas, la considerarían la primera conceptualista latinoamericana (pero yo acá ya sospecho de Edgar). Un gran mito conlleva una historia probable y, presiento, mi abuelo al morir le dio vida eterna a lo incierto.

Mar del Plata hacía gala de su nombre la tarde que Cíncel Häussler partió. Los reportes terminan relatando que al atardecer Cíncel se fue a la costa. Detallan que ese día la marea calma brillaba en incontables hilos de plata que se tejían y deshacían por la brisa seca con el sol. Que, a lo lejos, el atardecer incendiario hacía parecer las naves como sombreritos de lata hirviendo que surcaban la gran sábana de diamantes. Los bañistas, finalmente, narraron que la vieron adentrarse en el mar luego de que lo contemplara inmóvil por unos minutos; que cogió sus tacones, se los puso al hombro y caminó, caminó directo hacia él hasta que sus cabellos de oro se hicieron uno con los ribetes de plata ondulados; que caminó sola, inmersa en él, sin dar ni un solo paso de puntillas, que lo hizo, en gracia, hasta que desapareció siendo un destello más en ese infinito mar de luces remansado que bailaba entregado al suave aire de desierto.

Cíncel, mientras se adentraba, seguro recordó también los pájaros de lata, esos que hicieron arder con el mismo fulgor naranja a Düsseldorf, y quiso, al fin, poder descansar en casa.

Sueño de Navidad

Lieutenant Lothar Zogg: Hey, where'd Major Kong go?

(*Dr. Strangelove or*: How I Learned to Stop Worrying and Love the Bomb)

Mi nombre es Jeff Christi. Soy de Wichita, Kansas. Nací en 1974 en el seno de una familia como Dios ordena. Papá fue mecánico en la calle Hoover y mamá maestra en la escuela católica más cercana. Cuando tenía cinco años papá me dio para Navidad uno de los mejores regalos que me han obsequiado. Papá sabía que soñaba con ser piloto, así que me regaló un mapa detallado del Medio Oriente. En el momento no entendí la importancia del regalo, pero él me prometió que algún día lo haría. Fue muy comprensivo conmigo.

Ahora estoy listo para mi entrada triunfal. Sobrevuelo Kabul. Pongo *Ritt der Walküren* de Wagner y realizo los protocolos finales. Le comunico a estación de mando que dejaré de utilizar el radar geográfico por unos minutos. Me replican en negativa. Respondo que conozco el terreno como la palma de mi mano. En secreto saco el mapa que me regaló papá, lo acaricio con mis yemas, presiono el botón de las cargas, marco la equis de impacto y me retiro. De vuelta a base la memoria de papá me hace lagrimear mucho. Después de tantos años lo he honrado.

¿Un bus?

Y los gestos del amor, ese dulce museo, esa galería de figuras de humo. Consuélese tu vanidad: la mano de Antonio buscó lo que busca tu mano, y ni aquélla ni la tuya buscaban nada que ya no hubiera

sido encontrado desde la eternidad. Pero las cosas
invisibles necesitan encarnarse, las ideas
caen a la tierra como palomas muertas».

Extracto de «Qué tal, López», contenido
en Historias de Cronopios y Famas. (Julio Cortázar)

Se abre el telón

Me encuentro en un bus. La tarde de lluvia me invita a pensar en cómo las cosas nos obligan inconscientemente: veo como el aguacero va obligando al paraguas, a las botas, al *refugio,* y al comedir en la vestimenta. Inmediatamente muta la idea y salto a pensar que si un bus no tuviese asientos tal vez nadie percibiría la necesidad de sentarse, es decir, la existencia del objeto no invita, sino que *obliga* a su uso asignado (advertencia: no así su inexistencia; la falta de propiedad *material* o *conceptual* puede crear, o no, su necesidad o dependencia). Inclusive, si este pintoresco caso fuese la norma, la gente vería lo positivo en su actuar inconsciente, y le encontrarían mil y un contras a establecer una política de *posaderos para glúteos* en un bus. Me invade una risa extraña mientras comienzo a divagar en lo caprichoso que es el accionar humano.

Si este ejemplo del bus sin asientos fuese real, nos encontraríamos ante una campaña social que enumeraría casos sobre cómo es más eficiente el uso del transporte sin éstos porque dejaría más espacio para cargar individuos, obligando, así, a usar menos flotillas que contaminen el ambiente. Se enumerarían razones de cómo esto es un modo de vida fitness, evitando el sedentarismo colectivo de viajar sentados en miles de latas que trazan rutas en el pavimento de las ciudades. Se enumerarían datos de cómo el Estado a través de los años se ha ahorrado bazillones por no comprar misceláneos o pichuleos necesarios para el asiento, como lo son tornillos, arandelas y tuercas. Se enumerarían proyecciones de cómo el ser humano necesita más contacto visual interpersonal en épocas de depresión social, a contrario sensu de ir sentado viendo, como en un auditorio, una obra común para todos; un mismo foro deduciendo cosas parecidas del mismo escenario que ven día con día por la ventana, a la misma hora, con el mismo ánimo y con las mismas personas: el patrón conglobante y homogenizador (o, si se quiere, conciliante). En fin, los oficialistas proclamarían que la inexistencia de asientos en el transporte público ha logrado mantener en algún y pico de por ciento positivo el engranaje social.

—«¡Atención, atención!» —irrumpirá un adepto epistemológico, favorecedor de lo relativo y subjetivo del receptor de estímulos—. Cada ser percibe la realidad según un proceso uniquísimo de acciones y emociones con infinidad de variantes que conforman el entramado que llamamos vida. Además, no sabemos, ni usted me puede asegurar, cómo sería la realidad si utilizáramos asientos en el transporte público: ¿Qué certeza tiene el transportado de sentirse más humano por ver a otros a los ojos? Y, ¿qué asegura que no pase lo contrario y que lo significante de verse a los ojos ya no resulte tan significante, o, por lo menos, no más que ver por la ventana? Me parece que tener asientos en el bus y mirar entre cristales no resulta perjudicial o alienante.

—No venga a timarnos —dirá antagónico el dirigente defensor de mi ficción sin asientos—. Ver el mismo paisaje todos los días no desencadena en ningún disfrute (supongamos que la utopía relajante de escenario sea entre edificios, cañerías con pelos, smoke

& fog y palomas). Las deducciones de los individuos en el auditorio que van a una misma zona de trabajo, que llegan a la misma hora a sus casas para cenar, que aman la televisión-realidad, que usan un mismo teléfono, que oyen la misma pitoreta de tren, que observan la misma clase de carros citadinos, que se dejan invadir por las mismas vallas publicitarias... En fin, las deducciones de estos individuos de contextos comunes no pueden distar mucho entre sí; es un mosaico blanco y negro al mejor estilo de los *baby boomers*; es lo monocromático; es la estadística del comportamiento humano: todos deducirán cosas parecidas del paisaje que ven día con día, de esa pinacoteca que se aglutina en la memoria colectiva. Reciben los mismos estímulos que, a la larga, resultan en un parámetro o espectro tan corto de opciones que se perciben como homogeneizantes a gran escala: las pequeñas diferencias deductivas resultarán nimias, porque, al fin y al cabo, ya estaban presupuestadas por los creadores del escenario.

—No me ha contestado la pregunta —replicará ansioso—. ¿No resultaría igual de repetitivo el estar viendo a seres humanos que están inmersos en un mismo contexto? ¿La política vigente de Transporte Público Libre de Asientos (TPLA entre los entendidos) no recae simplistamente en sustituir la fachada del escenario que verá el auditorio? ¿Cuál sería la diferencia trascendental de cambiar el escenario orgánico por lo inorgánico? ¡No cambia nada del fondo, sólo la forma!

—¡Lo orgánico interacciona con un sinfín de variables, inclusive esa es la clave de su relativismo!

—Exacto, yo no le veo diferencia a que el *transportado* orgánico vaya en un asiento. Lo orgánico puede interactuar con lo inorgánico. Vea usted la reacción milenaria del humano ante la pintura... ¡Inclusive la reacción de las plantas con respecto a la música! ¿¡Acaso el arte no sugiere diferentes reacciones ante el *corpus* orgánico!?

—Entiendo, aunque creo que el arte es un caso *sui generis* donde lo inorgánico adquiere propiedades cuasi-orgánicas; adquiere vida propia en la interpretación, en el apropiamiento: una simbiosis para que los dos cuerpos vivan, una relación de existencia. Aun así, simplemente me parece que lo orgánico es más voraz frente a otro ente orgánico... Un computador nunca podría predecir el número de variables frente a dos cuerpos venidos del azar. Lo orgánico es el cuerpo que está con disposición o aptitud para vivir, por eso la importancia de que cuando se esté viajando se trate de enganchar miradas a cosas también vivas, a cosas que respondan a lo externo en función del emisor, a cosas más impredecibles. El ser vivo —continúa— en su estado natural frente a otro semejante está ligado al azar de sus actos, a la sorpresa, al error, al margen insospechable del *«¿qué hará ahora?, ¿cómo está percibiendo mi estímulo y qué hará al respecto?, ¿quién es y qué ha pasado en su vida?, ¿habrá asesinado hormigas?, ¿entenderá mis razones?»* Por eso lo inmoralísimo y contraproducente de establecer una política de colocación de asientos en el bus.

—¿Ahora esto versa sobre axiología? ¿Sobre política de lo moral e inmoral?

—¿El arte no es política y moral? Toda decisión humana está condenada a la ética, ya sea para actuar dentro o fuera de ella, pero en cualquiera de los dos casos se le da el estatus de existente.

—Una existencia objetiva dentro de cada subjetividad.

—Claro... El truco es escoger el bando.

—Pero entonces, ¿sí está de acuerdo con la subjetividad de cada ser? Por tanto, no veo el porqué de no poner asientos en el transporte público. Alguien reaccionará ante el edificio gris, alguien se maravillará con la gente paliducha que ronde las aceras, alguien debe de sentir asombro por la bestia de humo que engendra la ciudad... Recuerde: ¡el sinfín de variables que usted mismo me está diciendo!

—Estoy de acuerdo con la subjetividad que posee cada receptor de estímulos — afirmará buscando conciliación con el relativista—; sin embargo, el roce pobre y repetitivo de estímulos como lo sería ir en estos asientos viendo el escenario propuesto solamente generaría al poco tiempo una desensibilización del auditorio frente al escenario. Los edificios, el smog, o el paisaje de una ruta no va a hablarle a uno distinto después de recorrerlo siete veces. Más aún si se viene de la rutina de trabajo, a la misma hora, con los mismos pensamientos, con las mismas metas de hace diez años, con el mismo cansancio; la relación de lo orgánico con el mismo objeto inorgánico se desgasta rápidamente. Por eso vivimos en una sociedad donde el materialismo nos raptó, donde el consumir ya no nos mantiene calmos, donde todo resulta efímero, donde nada nos satisface por largo tiempo, donde crepitamos ansiosos y con *furia* por inhalar de nuevo la rayita de novedad que nos ofrezcan. Me preocupa que estamos fusionando esta insatisfacción de lo mundano a lo trascendental, por eso me opongo fervientemente a los asientos en un bus... Sería dar un paso más hacia el abismo sin que nos demos cuenta. El problema de esa relación de desgaste es que nos sosiega en una *zona de confort* donde sentimos que nada vale la pena, pero, al fin, estamos tan aletargados que preferimos soñar gris.

—Suena a esoterismo.

—Si usted va a un río que existe desde hace eones encontrará que siempre trae algo nuevo, o que siempre habla de una manera distinta. Puede tener su cuota de misticismo, pero si lo piensa mejor ¿qué carajos sabemos nosotros de la propiedad de albergar vida?

—Nada, sólo utilizamos la ciencia para explicar descriptivamente los procesos de ésta. Proponemos certezas que nos lleven más cerca porque simplemente hay verdades que no sabemos leer aún. No hay verdad que no esté allá afuera mostrándosenos.

—Exacto, la certeza versus la verdad, pero trazar el punto arquimédico sólo nos llevara al esencialismo, al trilema de Münchhausen, por lo que optamos por aceptar que todo lo demostrable son hipótesis falsables. Ahora bien, sin los asientos nos aseguramos de preservar que el *auditorio* pueda tener ese margen de error humano, que en uno de esos diez recorridos se pueda encontrar una cara irreconocible, se pueda encontrar curiosa la sudoración excesiva en la camisa de algún ejecutivo, o que uno se vaya a encontrar a una persona que lo obsesione durante un par de semanas antes de que lo devuelvan solo a casa... Ya todos somos *auditorio*, pero... ¿qué tal si *somos* constantemente *escenario*? Sería triste asignarle toda la carga de escenario a la creación material humana, a la urbanística, a lo preconcebido, porque está hecha por el humano, para el humano. Fue creada para que respondamos con pocas posibilidades ante su perpetua rigidez: tal vez las primeras veces dé algún asombro, luego perderá su capacidad y vendrá *la náusea* de Sartre sobre las cosas. En cambio, si dirigimos el *escenario* a lo natural, a todo lo que no es invención o artificio del hombre, veremos cómo ser *auditorio* resulta dinámico, y podremos encontrar más fácil la fascinación. El humano se fascina con lo que no comprende, y todo lo que creamos ha sido comprendido. Sin embargo, no podemos comprender el porqué del silbo del viento en las casuarinas, el porqué de las mareas reverberando los rayos de sol, el porqué del perro huyendo de la lluvia, o el porqué del aroma de jazmín y madreselva. Es decir, los comprendemos, y la ciencia día a día encuentra explicaciones más satisfactorias, pero es tan complejo lo que implica el paisaje con todas sus correlaciones (gravedad, segunda ley termodinámica, radiación, el agua que vino en los condritos y formó los océanos, presión atmosférica, procesos vulcanológicos, fosas abisales, reproduciendo vida, selección natural, abejas, instinto, etcétera de fenómenos que explican lo natural, lo que no fue truqueado por el hombre) que resulta conmovedor a primera, segunda, tercera, cuarta, quinta, sexta, séptima [...] vista. La sublimación en *"Der Wanderer über dem Nebelmeer"* de Friedrich no es gratis. Esa contemplación de lo orgánico es lo que hace, al final de la vida, que valga algo la existencia.

—Siete días nunca han bastado para explicar la vida. Al final, yo creo en los híbridos, por tanto, no sé cómo los asientos signifiquen excluir la interacción orgánica-orgánica, simplemente estaríamos agregando la variable de orgánica-inorgánica. ¡Yo no estoy prohibiendo el que se puedan ver las personas mientras estén sentadas!

—¿Es que acaso ya no hay suficiente interacción orgánica-inorgánica como para permitir ese paso tan peligroso al anonimato? No seamos ingenuos, es más fácil sostener la mirada perdida ante un cristal que estar constantemente obligado a la empatía. Nuestra discrepancia es dónde debemos de colocar la barrera, dónde debemos obligarnos a ser humanos, demasiado humanos.

—Entiendo... Política y moral.

Entonces, entre mi risa torpe, mientras imaginaba el bando al que me adscribiría, empecé a imaginar a estos dos grupos enfrentados en macro-marchas nacionales… ¡Sería un problema que tocaría las fibras más sensibles de la sociedad! Empecé a imaginar cómo lucirían, qué blasones portarían para sus causas, qué sindicatos se afiliarían a cada causa, qué mensajes pondrían en sus pancartas: «No al asiento público», «Alerta: Planeta Tierra en riesgo, unido el Movimiento Verde», «¡No a la alienación cultural!», esto por un lado. Por el otro: «¡La comodidad se puede dar con interacción! ¿O para el sexo no tenemos colchón? - Sí a los asientos en los colectivos», o «No al acoso de mi intimidad corporal».

Hasta existirían coaliciones nunca antes vistas, coaliciones inusuales, como arquitectos y publicistas con pancartas de tipo: «¡Basta de nuestra invisibilización, no más incivilización!». El segundo amanecer de las olvidadas vallas publicitarias.

Entre tanto que seguía divagando en la quimera creada, vi a Calcuta, la madre de, según mis observaciones, dos ratas. Ella estaba postrada, como todos los días, en la calzada del frente de mi casa (metamorfosis de lo orgánico a lo inorgánico por la costumbre —pensé, ahora sí, emocionado—). Ella ya formaba parte del paisaje; siempre me daba la seña visual para solicitar parada, pétrea como algún edificio brutalista.

Entonces jalé el mecate, sonó el timbre, el bus se empezó a detener, me levanté de mi asiento, incomodé a la mujer de mi lado, le pedí disculpas, no me escuchó por sus audífonos, le gesticulé con mi boca, se los quitó desinteresada, me disculpé de nuevo, me hizo un ademán con el corazón, me acomodé en el pasillo, caminé entre el auditorio, el bus hizo alto completo, bajé por las gradas y, por fin, me encontré de vuelta en el escenario. Todo estaba montado como ayer; yo estaba listo para cenar a las siete en punto, ver T.V, y quedarme dormido de aburrimiento. Debí de reflexionar sobre lo imaginado, pero no hubo tiempo, estaba muy cansado para ello y mañana tomo el bus muy temprano para poder conseguir campo sentado. Pero algunas noches sí me pregunto si Calcuta estará muerta.

Se cierra el telón

2017
Henry Vargas Carmona

Nació el 24 de diciembre de 1986 en Barrio del Carmen, Puntarenas. Ahí pasó su infancia y adolescencia antes de mudarse a la Gran Área Metropolitana. Es educador de profesión, graduado de la Universidad de Costa Rica en la Enseñanza del Inglés. Amante de la literatura de terror, del realismo mágico y ciencia ficción. Ganador de la Birlocha Literaria en su edición 2017.

El Tulpa

Al fin he encontrado tiempo para poder escribir y desahogar. Y es que, si tuviera alguien a quien contar lo que he de escribir aquí, al escuchar mis propias palabras temo que yo mismo me tacharía de loco, cuando menos.

Mi nombre... no es importante, ellos nunca lo son. Los nombres son palabras sin algún sentido, solo sirven para denominar cosas, sin embargo, lo que me llevó a sumergirme en la vasta mitología mística del oriente, más en concreto en las creencias y rituales budistas del antiguo y hermético Tíbet, es más importante que el nombre con que llaman aquellos que comparten conmigo el espacio físico de este pedazo infinitamente diminuto que nosotros llamamos realidad. Desde mi más inmemorable infancia, consideré la soledad, que algunos confunden con la carencia de amistades y familiares, como una falacia sin bases. La falta de compañía corpórea no es la verdadera soledad; la soledad es poder estar consigo mismo en un estado más elevado del que nosotros llamamos conciencia, es estar consigo mismo como si compartieras el pan con una persona ajena a tu ser. Yo había descubierto la verdad, la verdad es que la soledad es estar conmigo como si yo fuera otro. La verdad es que la soledad es el máximo don de la humanidad.

Sumido en libros y escritos ajenos a los estudios académicos, buscaba yo aquel don de verme como si fuera el otro, y contemplar mis pensamientos materializados. Cuando los demás niños buscaban escondite o corrían detrás de un balón, yo leía los textos encontrados de N. Flamel y su búsqueda del elixir de la eterna vida. En mi adolescencia, mientras las modas teñían de decadencia mi generación con pantalones ceñidos para los hombres y brasieres con falso relleno para las mujeres, yo buscaba en internet los saberes desconocidos por muchos y codiciados por otros, entre los que estaban los relatos escritos por el Círculo de Lovecraft, donde se esconden mensajes de lo que vino y lo que vendrá, falsificaciones del legendario y malnacido Necronomicón que, a pesar de su falsedad, encerraban grandes chispazos de verdad.

Fue en esta etapa de mi juventud donde conocí los fabulosos monjes del alejado Tíbet. Con sus cabezas rapadas y sus túnicas únicas, inmunes al tiempo y perfectos en sus saberes. Mientras más leía, y buscaba en la infinita red las enseñanzas de los maestros que ahora son uno con el todo, encontré la finalidad de mis pensamientos en una ritual que ellos prácticamente prohibían: Tulpa.

Los ancestrales monjes del Tíbet sostienen que nuestra realidad es el reflejo material de lo que la mente construye, que todo lo que vemos y sentimos existe únicamente porque nuestro pensamiento lo concibió, por eso no debe de extrañarnos que la creación concienzuda de cuerpos materiales que posean funciones motoras finas y gruesas, y hasta sean pensantes, en sus acciones parcial o enteramente, sea uno de sus temas que rozan la clasificación tabú.

El ritual de la creación de un Tulpa me fascinó, sobre todo porque se trataba a grandes rasgos de crear un ser que podría pensar y tuviera opiniones para compartir conmigo y que por esa misma naturaleza los grandes maestros budistas prohíban su práctica a toda costa. Como es costumbre en la condición humana, la prohibición de una determinada actividad es una forma de exhortar la participación e incrementar el interés en la misma, y son muchos los que han intentado, sin éxito o con éxito parcial, la creación de un Tulpa. Ante tal increíble y terrible ritual, mi imaginación y atención se vieron completamente comprometidas y no pude más que someter todas mis fuerzas a la creación de mi propio Tulpa. Imaginarlo, diseñar como su carácter y personalidad, y planear meticulosamente como luciría eran los sueños que ocupaban mis noches, e incluso mis lúcidos días. El día que cumplí diecisiete años inicié con mi tarea. Según las creencias tibetanas, y a diferencia de las mayorías de las prácticas esotéricas, los Tulpas pueden ser creados bajos los cálidos rayos del sol, en espacios abiertos llenos de verdor.

La concentración es la piedra fundamental de la creación de un Tulpa, la dedicación y la disciplina deben ser religiosas, precisas y constantes, no se debe flaquear en ningún momento y no se debe dudar de lo que se hace.

Como he explicado antes, nunca fui del tipo que se rodea de amigos, ni en la escuela, mucho menos en el colegio, por eso el contar con horas exactas y enteras para la dedicación de ésta fabulosa práctica nunca fue problema, y mi concentración siempre fue muy fuerte y constante, imagino que eso se debía a los largos ratos sumido en los textos.

El día era muy brillante, debían ser cerca de las tres de la tarde. Escogí un árbol frondoso que proyectaba una hermosa sombra, en una finca en las afueras de la zona residencial de mi ciudad, cuyo nombre, como dije antes no importa. Me senté en el verde pasto y dejé caer mi cuerpo en el tronco rugoso y grosero de aquel árbol que sería mi santuario durante poco más de un año. Al menos cuatro veces por semana, frecuenté religiosamente aquel lugar y soñé. En mi mente comencé con el proceso de creación de mi acompañante artificial, primero comencé a imaginar una habitación sin puerta, únicamente decorada con cuatro ventanas, una en cada pared.

Ventanas que daban a la oscuridad del exterior, oscuridad que no entraba en la habitación que era iluminada por una desconocida luz. Esa habitación era yo. Trabaje en ella, en su construcción, en su forma y en su textura hasta el punto que fue palpable, aquella habitación de cuatro ventanas era real, o al menos lo era en mi mente, donde yo podía entrar, tocar las paredes y sentir la áspera formación de los muros, oler esa penetrante pintura blanca y ver por las ventanas el vacío, aquel abismo de profunda oscuridad que lleva a la nada. Meses de construcción mental habían dado frutos y el primer paso en la creación de mi Tulpa estaba cumplido. Los meses que siguieron caminé por esa habitación, la recorrí tantas veces hasta estar seguro que era del todo apta para mis fines fabulosos. El siguiente paso fue una silla de madera. Ideé una silla de madera justo en el centro de la habitación. Esta silla debía ser perfecta, debía de ser tan real como ya lo era la habitación donde nacería mi Tulpa. La imaginé con bordes labrados a mano, con diseños sencillos pero preciosos: rosas entrelazadas por enredaderas que de tanto en tanto dejaban entre ver alguna que otra margarita. La madera era de cedro y su aroma era penetrante, las cuatro patas caían elegantemente hasta el suelo de la habitación y terminaban en una graciosa medialuna invertida. ¿Cuántos días estuve de pie, delante de esa silla? Mentiría si les dijera que lo sé, lo que sí sé es que después de mucho estar firme y sereno, empecé a imaginar a mi Tulpa.

Muy dentro de mi mente, en la parte donde nacen los sueños y las fantasías son creadas, comencé a idear la forma de mi compañero. Para mi sorpresa, la acción de crear un Tulpa se tornó seriamente complicada en esta parte. A decir verdad, no me costaba trabajo imaginar el tener conmigo un ser que solo fuera de mi dominio, que solo yo viera y escuchara, pero, el imaginar y definir cómo sería y que aspecto tendría fue lo que me llevo tiempo cuajar. Primero pensé en una compañera, una hermosa mujer de cabello rojo encendido que se deslizara con gracia y tuviera una mirada esmeralda para mí, pero después de un rato concienticé que tal diseño debió ser incentivado por alguna morbosa parte de mi mente adolescente. Imaginar cabellos, ojos, rostros, orejas, brazos, manos, pies, dientes… esas no son tareas para un hombre como yo, solo los necios idealizan.

Mi dilema se disipó cuando entendí que debía hacer. No debía imaginar rostro alguno, si tomaba como modelo el mío. Así que imaginé mi Tulpa como una fiel copia de mi cuerpo material. Otros cuantos meses pasaron conmigo enfrente de la silla, dándole forma y masa a mi anhelado compañero. Tarde tras tarde, lo veía aparecer poco a poco, como si de un proceso de condensación se tratase, como si mis pensamientos líquidos se fueran volviendo hielo, un hielo hermoso y misterioso. Hasta que un día, mi Tulpa, luego de que yo le diera la orden por medio de mis pensamientos, abrió los ojos. Me miró, de la misma forma que yo lo miraba, y sonrió al mismo tiempo que yo lo hice.

El día que cumplí veintiún años, y esto lo recuerdo bien porque mi madre tuvo la maternal idea de ofrecer una fiesta para mí, comenzó. En este punto había yo comenzado la vida universitaria y para sorpresa de todos, incluso la mía misma, me había vuelto un hombre sociable, amable y hasta cierto punto simpático.

Mi incursión a la vida social, me había obligado a menguar las conversaciones y las visitas a aquella habitación donde tanto tiempo pasé conversando con mi Tulpa. Supongo que aún aquellas experiencias que son sobrenaturales se vuelven cotidianas con el paso del tiempo, así que después del inicial impulso del emocionante comienzo, mi interés y atención hacia mi Tulpa decayeron gradualmente. Habían pasado varias semanas sin que entrara a aquel lugar que era mío… y suyo. La fiestecita que mi madre había organizado era un éxito. Mis compañeros y amigos de la universidad habían asistido a celebrar un año más de mi existencia, la música era agradable, lo noté, aunque no fui un fanático de la misma. La comida, las risillas cómplices y las alegres conversaciones me tenían contemplando un escenario que era prácticamente extraño a mí.

En el momento de la fiesta donde todos cantan para mí, y se acercan a felicitarme por el extraño mérito de estar vivo un año más, sentí como entre todos los invitados, se acercaban algunas chicas y me apretaban contra su cuerpo, besando mis frías mejillas, la mayoría me daban la mano en señal de amistad, algunos otros palmeaban mi espalda y otros ponían sus manos en mi hombro para brindar por mi natalicio, fue aquí donde sucedió. Sentí la mano jocosa de alguno de ellos postrarse en mi hombro izquierdo, una mano muy cálida, lo cual pude sentir aun a través de mi ropa. En los pocos milisegundos que me tomó voltear para encarar a mi celebrante y ofrecerle una sincera sonrisa, pude divisar como el dueño de aquella mano era yo mismo, pero inmediatamente desaparecí cuando logré enfocar correctamente mi mirada. No sé si fue la fiesta, la algarabía de sentirme festejado o que muy internamente, en lo más profundo de mi subconsciente, decidí no pensar en lo que debía ser la que creí la situación más obvia.

Durante meses y meses, caminé por los pasillos de mi campus, mirando sobre mi hombro, sintiendo que alguien me seguía, sintiendo que detrás de cada esquina unos ojos familiares me observaban. Fueron tantas las ocasiones donde miré como una sombra corpórea me miraba a lo lejos, sin mover un solo músculo, nunca la vi desplazarse, pero siempre se encontraba siguiendo mis pasos.

La decadencia comenzó aquella noche. En medio de un sueño lúcido en el cual yo caminaba por la habitación del Tulpa, esta se encontraba desquebrajándose, rompiéndose en muchos pedazos, con los cristales de las ventanas desparramados en el piso roído y casi podrido, era doloroso caminar por aquel lugar donde en tanas ocasiones me sentí tan cómodo, ahora era un lugar de desolación, abandonado y asqueroso. La silla, era un montoncito de cenizas que aún olía a cedro, pero mezclado con un aroma de muerte y podredumbre. El Tulpa, no estaba.

Abrí los ojos de golpe, estremecido por una sofocación en mi respiración, por una presión que reprimía mi pecho al punto del dolor. Abrí los ojos y ahí estaba. Encima de mi cama, encima de mí, sostenido por sus cuatro extremidades tal cual una tarántula lo haría, mirándome con mis ojos, mis propios ojos que se deformaban ante mí, se fueron volviendo grandes, redondos, escupiendo una luz azulada pero tenue, dentro de ellos podía ver el iris y la pupila ardían como diminutas llamas. Su boca se dibujó en una sonrisa burlona, casi demencial, con una forma no convencional; Era como un rombo acostado, arqueado en sus laterales, pero muy filoso en sus puntas, los dientes brillaban morbosamente blancos, y la gama de colores que una vez fue mi cuerpo, se difuminó en un color negro sucio, que se elevaba al cielo como si de pequeñas llamas se tratase. Sus horribles dientes se abrieron de una forma asquerosa, dejando ver como su saliva pegajosa salía de aquella horrible boca, y exclamo: "¡Estoy!". Es curioso, como crees que tu cuerpo reaccionaría al peligro o a espanto, creyendo que un espasmo lo sacudiría, o que los nervios actuarían poniéndote a salvo del peligro, pero no, la realidad es otra. Me mantuve inmóvil, sintiendo el aliento frío, y las babas calientes rozar mi rostro. Sin volver a juntar sus dientes, volvió a exclamar: "Aquí… estoy".

Lentamente desapareció, se esfumó en el aire dejándome en mi cama, cubierto por la inmensa oscuridad, llorando frío y jadeando lentamente.

Por años he soportado a este sádico intruso. Su presencia se ha ido incrustando de forma violenta en mi vida. Entiendo que estoy pagando un precio que viene desde los años de mi adolescencia, cuando las prácticas oscuras, y el terrible hermetismo de los monjes del Tíbet fue el completo foco de mi interés, y hoy, como adulto que soy, desprecio aquello que en mi juventud fue virtud. Siempre que volteó mi cabeza, él está ahí, sonriendo, señalando con su inmundamente largo dedo índice su rostro que sonríe, burlándose de mí, de los escalofríos que provocan sus horrendos ojos azulados, en los que bailan llamas dentro. Cuando despierto, está al lado de mi cama, saludándome con aquella sonrisa. Me sigue por las calles. Cuando intento dejarlo atrás, cuando deseo perderme entre la gente que camina en su preciosa vida normal, el aparece delante de mí, señalando su cara, diciendo "Aquí estoy".

Los mismos monjes de cabeza rapada, de cuyos cuellos cuelgan grandes rosarios, y que prohibieron la práctica de crearlos, advierten de un método para desaparecerlos, y es que, utilizando el mismo poder de la mente, el Tulpa debería desaparecer si así lo quisiese su creador. Numerosas veces he vuelto a aquel árbol que fue mi templo durante mi juventud, que fue mi abrigo durante la creación del Tulpa, pero siempre que medito, siempre que busco entrar en aquella destruida y derruida habitación de mi mente, despierto de golpe, abriendo los ojos de par en par para encontrar a mi monstruoso perseguidor sentado a mi lado, mirando al vacío, y después, mirándome a mí: "Aquí estoy".

El ocaso de mi serenidad llegó aquella trágica noche donde entré a la habitación donde dormía mi hija. Mi esposa en aquel entonces estaba fuera de la ciudad, visitando a su madre, la cual estaba cerca de encontrar ese final inevitable e incierto que padece nuestra infinitamente minúscula especia. ¡Cómo envidio a aquellos que parten de este plano terrenal cerrando los ojos y mirando la nada! En fin, mi pequeña estaba sentada mirando los coloridos dibujos de un libro de cuentos que hace tiempo le compré, reía a montones y con la boca abierta. "¿Qué te causa tanta gracia?", pregunté divertido. Mi niña apagó con dificultad aquellas carcajadas para contestar mi pregunta: "De ti papá, de esas caras tontas que haces". Contagiado de la risa de mi pequeña, le seguí el juego mientras me revolcaba en mi ignorancia. "¿De qué caras hablas? ¿Te estás burlando de tu padre?". Mi bella princesa, se irguió elegantemente, y mirándome con sus bellos ojos suavizados por lágrimas dulces de la risa, me heló la sangre con la voz más tierna que nunca he escuchado: "De tu cara papá, de tu cara que pones cuando te sientas a mi lado y me miras haciendo esa cara tonta, diciendo 'Aquí estoy, aquí estoy, aquí estoy', no sé cómo haces, pero no puedo parar de reír cuando te veo". Con un sudor frío y mis ojos llorando lágrimas de sangre, volteé a la puerta por donde hacía escasos minutos había entrado, Mis labios temblaban secos, mi garganta se cerró en un nudo agrio y doliente. De pie, centrado perfectamente en el cuadro del marco de la puerta de mi hija, estaba ese maldito miserable. Negro como la muerte, con sus ojos exclamando el azul del hielo del averno, y sus dientes blancos, asquerosamente blancos. Me miraba, burlándose de mi desesperación, burlándose se mis lágrimas de sangre, y señalando con su putrefacto dedo su malnacida sien, diciéndome suavemente al oído, aunque él estuviera lejos de mí: "Aquí estoy".

Ahora todos los días puedo sentir su tacto. Su aliento a carbón y sus respiraciones lánguidas se mezclan con mis gemidos y mi sofocada exhalación. Sus ojos me miran como los míos lo miran a él, y la verdad ya no sé si es así, o es al revés.

El Tulpa está mirándome mientras escribo esta nota. Sus ojos grandes, bordeados por unas oscuras líneas negras, brillan con esa horrible y tenue luz azulada. Está de pie, delante de mí, sonriendo con aquel rombo de espantosos dientes blancos, fosforescentes. Con el demencialmente largo dedo índice de su mano izquierda señala su cara. Su cuerpo se deshace en el aire, como llamas, pero no se acaba, es infinito, como infinito es el pensamiento que deja la mente de quien lo piensa. "Aquí estoy", repite una y otra vez, como si fuera posible dejar de percibir aquella dantesca figura.

Se acerca a mí, su mano se posa sobre mi mano, la que sostiene el lápiz con el que escribo, lo aprieta fuerte, no la deja ir, pero no interrumpe mi escritura, recuesta su cara de fuego encendido en mi hombro derecho, mirando lo que escribió, sonríe. Su brazo izquierdo rodea mi pecho, me abraza con aquel calor seco. "Aquí estoy".

Mi mano izquierda se desliza por la mesa, busca el arma que compré la mañana siguiente a la noche en que esa maldita sombra habló a mi hija. El Tulpa la ve y sonríe con una sonrisa más amplia. "Aquí estoy", balbucea esas palabras como invitándome a seguir.

Mi mano tiembla, el sonido del arma, el sonido metálico producto de mi temerosa mano llena el aire de crispantes sonidos "clac, clac, clac". Llevo mi mano a mi sudada sien, el Tulpa sujeta ahora mi otra mano, la que sostiene el arma. "Aquí estoy"

No me detiene, solo sonríe. Siento como empieza a respirar a mi ritmo, como se incorpora mi calor al suyo, como entra en mi mente, de donde una vez salió. Solo que ahora no será un invitado, será algo más, lo sé.

El frío acero sin alma del cañón del revolver presiona mi sien izquierda, mi cabeza se acurruca a él como lo hace el niño que busca el abrigo de su madre. Perdonen mi cobardía, pero no puedo más. Buscaré esa paz, dentro del rugido del cañón, y tal vez allá, yo... yo... "Aquí...estoy".

2020
Eduardo Cárdenas Ramírez

Nació en San José, Costa Rica, el 16 de junio de 1977.

Es licenciado en Relaciones internacionales por la Universidad Nacional de Costa Rica. Cursó sus estudios de doctorado en derechos humanos y desarrollo en la Universidad Pablo de Olavide en Sevilla, España.

Actualmente, es profesor de Derechos humanos, Derecho diplomático y Relaciones internacionales; en la Universidad Latina de Costa Rica. Ganó el primer lugar en el certamen literario Luis Ferrero Acosta 2020. Fue segundo lugar en el VII premio literario internacional Earth 451 con el cuento "Cuando se cierra la casa de los abuelos" y finalista seleccionado en el II Concurso Nacional e Internacional de Relatos Breves en español. Editorial El Ático, Israel. 2021. Relato publicado en la antología: "Hay que salir cantando".

Al principio, Ignacio no lo podía creer, le había llegado un correo electrónico del Ministerio de Justicia y Gracia para que fuera a retirar su nueva identidad, que le permitiera infiltrarse en una cárcel de máxima seguridad y ganar la confianza de un presidiario que posee de primera mano información importante sobre grandes empresarios regionales, cuyas fortunas se han asentado sobre un imperio de delitos fiscales sin precedentes.

Debía tener mucho cuidado, porque una vez dentro del recinto penitenciario estaría solo, nadie conocía su identidad real. Solamente dos personas de alto rango lo sabían. Tampoco podría mostrar su entrenamiento, ni sus destrezas, porque podía levantar sospechas, si alguien se enteraba que era un agente policial, su vida estaría en peligro y no habría nadie que pudiera sacarlo de ahí.

Lo habían escogido a él por su edad, ya que era la misma del hombre que debía contactar y porque una de sus virtudes era poder ganarse la confianza de las personas. De todos los agentes, fue el único que logró pasar todas las pruebas de adaptación a situaciones tensas y peligrosas. Además, era huérfano, lo habían dejado abandonado en la estación de policía donde ahora trabajaba. Su capacidad para improvisar y salirse de incómodas circunstancias, fue la clave para obtener esta misión clasificada.

Era la primera vez que se hacía este tipo de operaciones. Dentro de la cárcel se encontraba el hijo menor de un hombre de negocios de alto rango, que se dedicaba al contrabando, la falsificación, la piratería y la evasión de impuestos. Su padre era conocido por sobornos millonarios y por dinero que prestaba a grandes empresarios que le ayudaban a defraudar el fisco a gran escala. Nunca pudieron hallar pruebas, pero necesitaban nombres de funcionarios, políticos y empresarios ligados a esta familia.

Si lograban tener pistas, podían investigar a sus contactos y encontrar pruebas que permitieran desmantelar toda esta corrupción que se tejía en ese hermoso país centroamericano.

Durante unos meses antes, se había preparado con su nueva identidad. Sería un presidiario acusado de estafa mayor que vendía terrenos ilegalmente a extranjeros, lo habían atrapado tratando de escapar por la frontera norte con el dinero en un maletín. Entraría a la cárcel en condición de indiciado y estaría por un espacio de seis meses para recopilar información. Su detención tendría incluso cobertura en los medios de comunicación y una ficha técnica con sus huellas digitales y expediente policiaco, para hacerlo creíble.

Al día siguiente, Ignacio fue a retirar su nueva identidad. Su nuevo nombre era *Carlos Eduardo Flores Stein,* agente de bienes raíces, hablaba español, inglés, italiano, alemán y francés, tenía 34 años, era soltero y vivía con su madre. No tenía hermanos, vivía en una zona urbana de medio ingreso y era su primera vez en la cárcel. Debía parecer muy débil y asustado y sobre todo aparentar ser civil, no muy inteligente, y mantener un perfil bajo.

Su misión era acercarse a *Armando "Tito" Guerino,* el hijo menor del magnate Clemente Guerino Picasso, un anciano proveniente de Nápoles, en Italia. Tenía 76 años, y había llegado a la región centroamericana en 1965 en pleno apogeo del Mercado Común Centroamericano, en la época donde estos países querían sustituir las importaciones por producción nacional.

La leyenda dice que don Clemente vino a las costas centroamericanas con un baúl de monedas de oro, que su familia había robado a la nobleza italiana en épocas de Mussolini.

La verdad, fue que su padre y madre por muchos años fueron sirvientes de la Casa Real de los Savoia.

El Rey de Italia *Vittorio Emanuele Ferdinando di Savoia,* cuyo título antes era príncipe de Nápoles, había entrado en conflicto con su aliado el primer ministro de Italia Benito Mussolini, debido a la introducción de nuevos honores y ceremonias que fortalecían el peso del jefe de gobierno, la modificación de las costumbres italianas, la cuestión racial y la introducción del saludo fascista.

Siendo un aliado del fascismo en la Segunda Guerra Mundial, tuvo que abdicar en 1946 y huir al exilio y dejar en manos de la Familia Guerino, todos sus tesoros para que el príncipe Humberto pudiera reclamarlas algún día. El príncipe Humberto no fue coronado rey al terminar la Segunda Guerra Mundial, el pueblo italiano optó por la República. La reputación del príncipe estaba manchada por el apoyo al fascismo de su padre.

Vittorio Emanuele, moriría exiliado en Egipto, y fue enterrado en Alejandría, en 1947. Don Clemente tenía tres años y no volvería a saber nada de él hasta el año en que fue repatriado a Italia, el 17 de diciembre del 2017.

A sus 21 años, Don Clemente, quedando huérfano de padre y madre, tenía solo una cosa que hacer: devolver al gobierno italiano todos esos tesoros que pertenecían al pueblo y librarse así del peso de cargar con esa gran fortuna a la espalda. Fortuna que por ética no podía tocar ni gastar.

Sin embargo, tomó la decisión de irse de Italia con la herencia del pueblo. Cansado de esperar a algún príncipe que no sólo fuera a reclamar el tesoro que su familia había guardo por años, sino de reclamar el trono de Italia. Don Clemente era monarquista y lo será hasta el día de su muerte. Decidió fundar un imperio en ese país centroamericano. Se casó con Margarita Soto Jenkins, hija mayor de un gran cafetalero guatemalteco. Y comenzó la fabricación de bienes de lujo que antes eran importados de Europa para la alta sociedad del istmo centroamericano y México.

Así fue como acumuló más fortuna de la que traía. Luego, comenzó a involucrarse en negocios turbios con organizaciones italianas ligadas a Estados Unidos y Canadá. Estos negocios no solamente incluían la producción de alcohol adulterado, o evasión de impuestos, sino al tráfico de personas, prostitución, coyotaje, extorsión y lavado de dinero.

Aunque Don Clemente no proviene de una familia fundadora de la organización criminal denominada la COSA NOSTRA, a la fecha es considerado el único don sobreviviente ligado a esta organización, ya que 127 miembros habían sido detenidos en los Estados Unidos. La influencia de la Don Clemente se ha infiltrado tanto en el sistema que ya casi no se diferencia de él.

Ignacio, había estudiado esta organización criminal toda su vida. Necesitaba hallar algún punto frágil en la vida de este magnate, clientes, socios, nombres de barcos, cuentas de banco inscritas a otro nombre, pero ligadas a la Familia Guerino.

Solo el hijo de Clemente, *Tito*, podía dar una pista de todo esto. Necesitaba saber: ¿Quién lo visitada en la cárcel? ¿A qué números de teléfono llamaba?

¿Cómo hacía para arreglárselas en una cárcel de máxima seguridad?

A las 10:00 p.m., Ignacio se encontraba ya en posición para ser arrestado por la policía, se había enviado un comunicado de arresto con la fotografía de él y su nueva identidad. Ignacio tenía que tratar de salir del país con un documento falso que sería fácilmente detectado por los oficiales de migración y sería retenido hasta verificar su identidad verdadera. Una vez detenido bajo el nombre de *Carlos Eduardo Flores Stein*, se encontraría solo, a merced del juez que lo enviaría a prisión donde se encontraba Tito.

No había garantía de que lo encarcelaran en la misma celda de Tito, así que debía arreglárselas para ir poco a poco acercándose y poder así lograr su objetivo. Nunca olvidaría ese primer día cuando fue llevado a la cárcel después de que le dictaran prisión preventiva por seis meses.

Escuchaba los gritos de los demás presos que amenazaban su integridad física, sintiendo bajo su piel cierto temor que nunca había experimentado. Era él contra mil setecientos cincuenta reclusos, si se daban cuenta que era policía lo torturarían y lo matarían. Esa tarde fue ingresado al módulo F-4 de indiciados, junto a otros quinientos reos.

El módulo estaba dividido en cuatro dormitorios construidos para cien reclusos cada uno, pero en realidad convivían más de ciento treinta aproximadamente. Por ser el nuevo, inmediatamente fue acorralado por reclusos más viejos que hurgaron entre sus pertenecías, tratando de hallar cosas de valor. Los únicos 50 dólares que traía le fueron decomisados por el jefe del módulo.

Se sentía impotente, pero debía ser sumiso, y mantener un perfil bajo. Esa noche durmió en el suelo. No había camas disponibles para él ni para los otros treinta que producían el hacinamiento. Para tener cama había que pagar $100. Y no los tenía. Dentro de cada cuarto había privados de libertad que manejaban sus negocios de pulpería, vendiendo cigarrillos, galletas, cereal, rifas. Otros lavaban ropa, o traían la comida, si les pagabas $5 a la semana. Era todo un mercado negro ahí dentro.

En el módulo había oficios designados. Unos se encargaban del teléfono cobrando un $1 por llamada de diez minutos, otros tenían llamadas fijas que las vendían a $5 por semana. Para usar el microondas se cobraban $2 por semana, y para tener un balde con agua para bañarse había que pagar $10 por semana. Sacando cuentas Ignacio debía al menos contar con $30 semanalmente. De lo contrario no tendría derecho ni a comer.

Durante las primeras dos semanas no pudo obtener información de Tito Guerino, además que le parecía muy inconveniente preguntar por él. Al principio, preguntó si había personas que hablaban alemán, o francés o italiano. Le habían mencionado la existencia de unos haitianos en prisión, pero estaban en otro módulo lejos de ahí. Nadie le dio razones de ningún italiano.

Todo transcurrió con cierta calma dentro de lo que cabe, con algunas riñas los fines de semana entre reclusos. Hay cierto código de *Omertà* en la cárcel, código del silencio que también utiliza la mafia internacional e Ignacio debía acatarlo le gustase o no. Ahora era uno de ellos, y la gente aun desconfiaba de él.

Había algo en él que no inspiraba confianza. Dicen

que la delincuencia se huele, Ignacio olía a limpio, a alguien honesto, olía a decencia y a educación. No tenía el perfil de delincuente y esto despertaba sospechas.

El jefe del módulo, apodado *"el General"* un día lo invitó a su cama para hacerle preguntas y le dio unos tragos de whisky que había conseguido con algún policía penitenciario.

—¿Cómo te llamas —preguntó el jefe

—Me llamo Carlos Eduardo Flores—respondió Ignacio.

—Es extraño que no tengas visita—murmuró El General.

—Vivía con mi madre, y ella está enferma, no puede venir —respondió Ignacio.

—¿Y quién te manda dinero? —replicó nuevamente el jefe.

—Nadie, solo traía $50 y me los quitaron —contestó Ignacio.

—¿Y qué haces para sobrevivir en este lugar, niño bonito? —le dijo el jefe con mirada desafiante.

—Escribo cartas de amor para las novias de mis compañeros —contestó Ignacio.

—¡A ver!... escríbame un poema para mi esposa —respondió el jefe incrédulo.

—¿Cómo se llama su esposa? —preguntó Ignacio.

—Se llama Ana—dijo el jefe.

El jefe pidió a sus sirvientes una hoja y un lápiz y se la entregó a Ignacio para que escribiera un poema. A Ignacio le temblaba la mano tratando de sacar inspiración de algún lado. Escribió el nombre Ana verticalmente y luego comenzó a escribir palabras en cada letra hasta terminar el poema.

El jefe tomó la hoja y comenzó a leer en voz alta:

"Antes de dormir,
Narro en mi memoria,
Atisbos de ti".

—¿Por qué tan corto? —dijo el jefe medio enfadado.

—En realidad, en lo simple está la belleza —respondió Ignacio.

—Es un poema al estilo Haikus, como los famosos poemas japoneses —prosiguió Ignacio, tratando de justificarse.

El General, no muy convencido volvió a leer el poema e Ignacio tuvo que explicarle que los poemas Haikus tienen tres líneas con diecisiete sílabas en total, la primera línea del poema debe contener cinco sílabas, la segunda línea tiene siete sílabas y la tercera línea, cinco sílabas.

—¡Así es el arte! —sonrió Ignacio.

—Mmm. Ya comprendo. ¿En cuánto vendes estos poemas? —exclamó nuevamente el general.

—Los vendo en un dólar o en dos cigarros, que luego uso para poder pagar otras cosas —murmuró Ignacio.

—Me parece una estafa pagar un dólar por tres líneas. No queda duda del por qué estás aquí encarcelado. Pero desde ahora en adelante, te daré cama, mis sirvientes serán tus sirvientes y escribirás solo para mí —propuso el General.

Así que las cosas de Ignacio fueron trasladadas del dormitorio número uno al dormitorio cuatro. Se sentía afortunado de poder dormir finalmente en una cama, pero lo que no sabía era que acaba de cometer un error al mostrar que sabía cosas sobre cultura y sobre escritura. Aun Ignacio era muy inocente para entender las cosas que se gestaban en prisión y entender la mente criminal. De ahora en adelante dormiría en la cueva del lobo.

El General era alguien despiadado, vengativo y le gustaba dar lecciones y tratos humillantes a aquellos que no le demostraban lealtad. Su régimen era el del miedo. Durante los siguientes dos meses, Ignacio fue testigo de la crueldad de este ser que amarraba sus víctimas y las consumía en baldes con agua, los desnudaba y los hacia pasearse por todo el módulo a vista y paciencia de los policías penitenciarios que, en vez de intervenir, aplaudían viendo el espectáculo más humillante para un ser humano.

Transcurrieron dos meses. Ignacio ya estaba siendo afectado psicológicamente por toda esta decadencia humana. Y aun ni siquiera tenía noticas de Tito Guerino. No sabía cuánto tiempo más podía soportar. Sentía más odio por los policías del centro penal que se prestaban para todo tipo de negocio y permitían la barbarie que ahí se ejercía. Solo unos cuantos eran dignos de llamarse servidores públicos.

En poco tiempo, pudo constatar que el General manejaba todo un imperio de drogas y alcohol dentro del centro penal, ayudado por algunos policías que facilitaban el ingreso de esas sustancias. Pero su misión no era esa. Su misión era acercarse a Tito Guerino, del cual no tenía noticias ni sabía en qué módulo se encontraba.

Ya no podía hacer mucho desde que lo habían trasladado al dormitorio cuatro, cerca del *El General*, debía esperar cuatro meses más para que lo llevaran a audiencia ante el juez y lo dejaran en libertad. Era una carrera contra el tiempo. Debía tener un informe para sus superiores y recuperar su vida en libertad.

Un día la suerte le sonrió. A las 4:00 am sucedió una

trifulca en el módulo B3 y expulsaron a varios privados de libertad que deberían ser re ubicados en otros pabellones. Dentro de los expulsados estaba Tito Guerino.

A las 6:30 a.m. cuando abrían los dormitorios, Tito Guerino se encontraba junto a otros presos en el portón principal, solicitándole al General, lo dejara entrar. El jefe del módulo los aceptó y lo llevó al dormitorio cuatro.

La suerte estaba del lado de Ignacio. Tito fue ubicado en la cama justo al lado de la suya. Ahora solo era momento de planear la estrategia para acercarse a él. Tito se sentía agobiado de tener tanta gente cerca tratando de hablarle, él era como una estrella rock en ese lugar. Todo el mundo sabía la influencia y el dinero que poseía.

Antes de conocerlo, Ignacio tenía una imagen errónea de un mafioso. Siempre lo pensó como un bandido, con rifles y pistolas. Pero no era así, este hijo de mafioso parecía más un empresario, un banquero, casi un político. Su imagen era todo lo contrario al estereotipo que se vende en la televisión. Medía un metro ochenta, era rubio con ojos verde agua y tenía en la espalda un tatuaje enorme que representada el infierno descrito por Dante Alighieri.

Mirándolo recordó las clases de piscología en la universidad cuando el Profesor Jakobs describía la personalidad de un mafioso: *– El mafioso tiene características psicopáticas, tendencias que bordean el límite fronterizo de los sub-normales. (...)*

La personalidad psicopática se caracteriza por la falta o distorsión de los valores morales, la ausencia de sentimientos de culpa, el individualismo y los delirios de grandeza – .

Pero Tito no tenía aires de grandeza, se veía como

una persona extraordinariamente humilde. Se notaba el honor de su familia y el estatus social al que pertenecía. Pero no hacía alarde de eso. Hablaba con todo aquel que se le acercase.

Cuando todo el mundo se alejó de Tito, Ignacio se acercó tímidamente y lo saludó cerrando el puño de la mano derecha y acercándolo a su mano, esperando a que le devolviera el saludo. Tito lo hizo como era la costumbre en prisión. No se dirigieron ninguna palabra.

Este primer encuentro le dio a Ignacio una gran entrada. Para los mafiosos de origen italiano había un refrán muy importante: *A megghiu parola e quella che nun si dici (la mejor palabra es la que no se dice)*. Y fue precisamente ese gesto que le dio acceso a Tito.

Iba a tomar unos cuatro meses para que la amistad entre los dos creciera. Bajo la protección de Tito, Ignacio también era respetado. Tito lo consideraba como familia. Y la familia para un mafioso es lo más importante.

Diariamente compartían el desayuno, el almuerzo y la cena. A Tito le traían comida todos los días de los mejores restaurantes de la ciudad, su estatus no le permitía comer la comida que servían en el centro penal, el cual consistía de un pan dulce con café en la mañana, arroz, frijoles y salchichón para el almuerzo y huevo duro o sopa para la cena. Esta última era servida a las 4:00 pm. Durante la mañana les daban una fruta y había servicio de mandadero donde se podía comprar bienes de aseo personal o comida extra como galletas, jugos y pan.

El prestigio del mafioso se basa en sus acciones, en su honor intachable y en el respeto. Tito era bastante generoso con los menos afortunados en la cárcel.

Constantemente compraba artículos de aseo, comida y ropa para donar a las personas que no tenían nada, ni siquiera visita. Ignacio, gozó también de esta generosidad. Esta fama acrecentaba los rumores en el módulo y mucha gente lo protegería si alguien osaba hacerle daño.

Para expresar esto Tito utilizaba este refrán siciliano: *Fatti la fama e curcati (hazte famoso y acuéstate)*. La gente del pueblo y en la cárcel considera una gran suerte gozar de los favores de un mafioso como Tito. También tenían otro refrán para expresar eso: *Vale plú un amico influente che possedere cento onze (vale más un amigo influyente que cien onzas)*. A veces a Ignacio se le dificultaba entender a Tito Guerino, no solamente por su italiano corso, sino porque incluso en español nunca hablada claro, siempre se expresaba en refranes y en palabras clave. Una vez intentó espiarlo para escuchar una conversación por teléfono, pero no pudo comprender nada. Todo parecía estar codificado.

En las noches, Tito y él se sentaban junto a la cama a jugar póker y en esos momentos, era cuando Tito hablaba de su vida:

—Los hombres de honor no olvidan nunca una traición —solía decirle Tito muy seriamente.

Y eso era muy cierto, los mafiosos se vengan, aunque tengan que esperar años. No realizan grandes acciones; su forma de operar suele ser la que se expresa en este refrán: *"Tira la piedra y esconde la mano"*.

A los delatores se les llama *"Infami"*, en cambio el hombre que sigue las reglas se conoce como *omu ri panza* (hombre de panza), es decir hombre recto, astuto. El refrán no es exclusivamente para mafiosos, los hombres de Sicilia se identifican con él para llamarse honorables. En esta parte de Italia ser *omu ri panza,* es mantenerse abotonado y saber cómo guardar un secreto.

Ignacio era el hombre de confianza de Tito, era el único en todo el centro penal que sabía dónde Tito tenía escondido su teléfono celular para que la policía penitenciaria no lo encontrase, su dinero, y las cosas de valor. Tenía copia de su llave del cajón personal y Tito le confiaba todo.

Ignacio se ganó ese lugar por hablar poco y escuchar mucho. Para Tito, Ignacio era su hermano. Para este tiempo, Ignacio había aprendido mucho sobre las normas y reglas de la organización a la que la familia Guerino pertenecía.

Era la mañana del viernes y el oficial cuidador del Pabellón, muy temprano llamó a *Carlos Flores Stein*. Inmediatamente Ignacio se dirigió a él, y este le comunicó que debía alistarse porque iba para práctica judicial. Es decir, Ignacio iría a la corte para que su prisión preventiva fuera levantada o ampliada. Todo dependía de la cantidad de información que había podido recolectar.

Ignacio, fue al baño, se aseó, empacó un pequeño maletín que Tito le prestó donde colocó una mudada de ropa, desodorante, jabón, toalla y algo para dormir. Se iría todo el fin de semana. Tito se despidió de él con pesar, sabiendo que probablemente su amigo saldría en libertad.

Lo peor de todo el proceso, era el traslado a la corte. Una hora y media en una camioneta totalmente cerrada, con poco espacio para estirarse, esposado de pies y manos y por donde no entraba el aire. Ignacio llegó descompensado, con un ataque de asma y de pánico atroz.

Lo colocaron en una celda solo, aislado de todos los

demás reos que esperaban audiencia con el juez. Al ingresar, le tenían una taza de comida fría. Y un poco de café caliente. Esa era su cena.

Mientras tanto en el centro penal, Tito se sentía solitario, jamás pensó que sería muy diferente sin la compañía de Ignacio. Estaba muy acostumbrado a su presencia, y a sus conversaciones. Era con el único que podía hablar su lengua paterna: el italiano. Aunque Tito hablaba en un dialecto llamado corso, que a Ignacio le costaba a veces entender, pero era algo parecido al italiano contemporáneo. El corso es constituido por un conjunto de dialectos de origen ítalo-romance (latín) pertenecientes al grupo toscano. Hasta principios del siglo XIX, el corso y el italiano estaban considerados como dos formas de una misma lengua, pensándose que el corso era la forma hablada y el italiano, la escrita.

En los cuatro meses que había tenido contacto con Ignacio, Tito había podido enseñarle varias frases y refranes en este idioma corso. Ignacio había mostrado dotes para las lenguas y compartir esta los unía cada vez más. Tito había pensado que la disciplina y la cautela de su recién amigo, lo hacían candidato ideal para ser miembro de la mafia. Pensaba incluso en presentarlo a su padre y responder por él como era la tradición.

Por otro lado, Ignacio solo en su celda en los Tribunales de Justicia, esperaba a un contacto de su jefe para hablar con él y rendir el primer informe después de seis meses de estar infiltrado en prisión. Finalmente, un abogado fue enviado como representante defensor y al entrar en el cuarto de reuniones, el abogado le dio un documento en blanco con un lapicero que tenía el sello de su jefe. La idea era que Ignacio escribiera su reporte en esas hojas.

Estimado jefe:

Estar en ese lugar ha sido psicológicamente desgastante, no creo ser la persona indicada para esta misión. No he podido recolectar información útil sobre nombres o personas ligadas a la familia Guerino. Sé que están ligados al famoso clan de la Cosa Nostra, Tito me ha informado algunas de sus reglas. Por ejemplo, para ser miembro del clan debe ser familia, o tener habilidades especiales y nadie puede entrar al clan si no es recomendado por algún miembro que pueda dar la cara por él. Debe haber alguien respondiendo por el integrante nuevo. Nadie puede presentarse a sí mismo a otro amigo.

Siempre debe haber una tercera persona que lo haga. Esto es la única garantía que tiene la mafia sobre nuevos miembros. Es prohibido para cualquier miembro ser visto con policías, no pueden ir a ningún club o bar jamás. Cualquiera relacionado con la policía, cualquiera con una doble vida, cualquiera que se comporte mal, aquel que no acate las normas morales y aquel que hable sobre la Cosa Nostra se le aplicará la pena de muerte. Y son muy serios con respecto a este punto. El mismo Tito me ha comentado que le teme a su padre Don Clemente. Mi vida en este momento está ya comprometida con solo hablarle a usted de estas cosas.

Ha sido extremadamente difícil poder entablar una conversación sobre su vida personal, una de las reglas es nunca preguntar por un apellido. Tampoco es viable una intervención telefónica. Tito siempre borra los números en su celular después de llamar. Además, no se usan los teléfonos salvo para acordar sitios de encuentro seguros y siempre hablan en código. También evitan nombrar a personas, lugares o fechas concretas al hacer negocios.

Siempre que intento preguntar algo, Tito me evade, diciéndome que evite preguntas innecesarias. Parece que el código de OMERTÀ es muy rígido. Aunque Tito me ha confiado que La Omertà ha sido una norma violada, me ha confesado algo muy desconcertante, y es que Don Clemente ha trabajado y sigue trabajando con la policía para desaparecer a sus enemigos y para evitar pagar impuestos cuando se les decomisa artículos no declarados. Tito asegura que su familia se ha mantenido fuerte, porque su padre mantiene alianzas con la Policía.

No creo poder ser de más ayuda. Por favor sáqueme de ese infierno. No creo poder soportar un mes más en ese lugar.

La carta iba sin firma y una vez terminada, el abogado la dobló y la colocó en su maletín. Se retiró dándole un apretón de mano, y le dijo que el lunes en horas de la mañana sabría la decisión de su jefe. El juez lo dejaría en libertad, o le impondría más prisión preventiva para poder recaudar más pruebas. El abogado volvería el lunes con más instrucciones.

El fin de semana se hizo eterno. Ignacio no dejaba de pensar en el error que había cometido, no sólo estaba arriesgando la vida, sino que sentía un profundo respecto por Tito dada la forma en que este mafioso mostraba empatía con los menos desafortunados en prisión. Incluso les daba trabajos que hacer para que se sintieran útiles y pagaba mucho más que cualquier otro para proveerles un ingreso decente en prisión y así pudieran enviar dinero a sus familias.

Ignacio no podía creer que sería él quien lo traicionaría, pero su ética profesional no le dejaba opción. Era su deber. Al fin y al cabo, no era a Tito a quien quería atrapar, era a su padre, don Clemente. Solo debía ser cuidadoso para que nunca se enteraran que había sido él quien proporcionó la información. Deseaba en el fondo del corazón, que su jefe pudiera sacarlo de ahí el lunes y no tener que volver por más tiempo a prisión y seguir con este dilema ético que no lo dejaba dormir.

También sentía rencor por cómo los policías trataban a los reos. Una noche escuchó los gritos de un recluso que, estando esposado y semidesnudo, fue golpeado brutalmente y atacado con chuzos eléctricos por seis policías. No sabía que era peor: si los gritos de ayuda y sufriendo del recluso, o las carcajadas burlonas de los policías. Era demasiado indignante. Se había propuesto así mismo, reunirse con el presidente o el ministro de Justicia y Gracia Pedro Baltazar Chamberlain y denunciar estos atropellos.

Finalmente, el lunes a las 10:00 a.m., Ignacio fue llevado a audiencia ante del juez y su abogado le entregó un papel que debía leer y dárselo de vuelta. El papel decía:

Estimado oficial:

No había ningún otro agente capacitado para esta misión. Aunque no tenemos nada en concreto, hemos decidido enviarte por 3 meses más para que intentes investigar cuando será la próxima reunión que tendrá Don clemente. Sabemos que en esa familia son criminales de 360 grados. La droga es una fuente importantísima de sus ingresos, y sabemos que los mafiosos trabajan de forma independiente entre ellos. Tenemos sospechas que Don Celemente no es sólo un empresario con negocios legales, sino que es la cabeza de la organización en este momento. Al menos, tenemos la certeza de que se encarga de la toma de decisiones y resolución de disputas entre pequeños grupos. Hemos decomisado dos envíos de producto de lujo falsificados que pertenecen a esta familia. Lamentablemente desaparecieron de nuestra custodia. Necesito nombres de los jerarcas del gobierno, policías involucrados, lugar de la próxima reunión y nombres de miembros que trabajan con ellos. Tienes tres meses más.

Ignacio cerró los ojos, porque sabía que sería enviado a prisión nuevamente y no sería fácil poder sacarle esa información a Tito. Tampoco estaba seguro de querer hacerlo. Una vez en la sala, la audiencia no tardó mucho, en tan solo veintidós minutos se logró ampliar la prisión preventiva y fue enviado nuevamente en un coche custodia al centro penal.

Al llegar, Tito lo esperaba con un banquete celebrando el regreso de su nuevo hermano.

—*Pensu chì andessi liberu*—dijo Tito.

—Yo también pensé que me iría en libertad—respondió Ignacio

—*Mi dispiace. Sì qualchissia si merita a libertà, sìte voi, fratellu* —agregó Tito.

Tito sonrió y abrazó a Ignacio. Ignacio quedó conmovido por esas palabras: *Si alguien merece la libertad eres tú hermano.*

Los siguientes meses, Tito mostraba mayor apertura. Estaba dispuesto a responder por Ignacio y presentárselo a su padre, pero al mismo tiempo no quería hacerlo, sabía que Ignacio era buena persona. Una llamada telefónica de su padre no le dejó opción.

— *Vi mustraraghju u codice secretu di a mo famiglia. hè cusì chì marcemu i lochi di riunione*—dijo Tito. *(Voy a mostrarte el código secreto de mi familia. Así marcamos los lugares de encuentro).*

Tito tomó un pedazo de papel y dibujó el alfabeto distribuido en 9 secciones:

abc def ghi
jkl mnñ opq
rst uvw xyz

—*Questu hè un criptograma, usemu punti per sprime a situazione di ogni lettera in u criptogramma* —confesó Tito. *(Esto es un Criptograma, usamos puntos para expresar la ubicación de cada letra en el criptograma).*

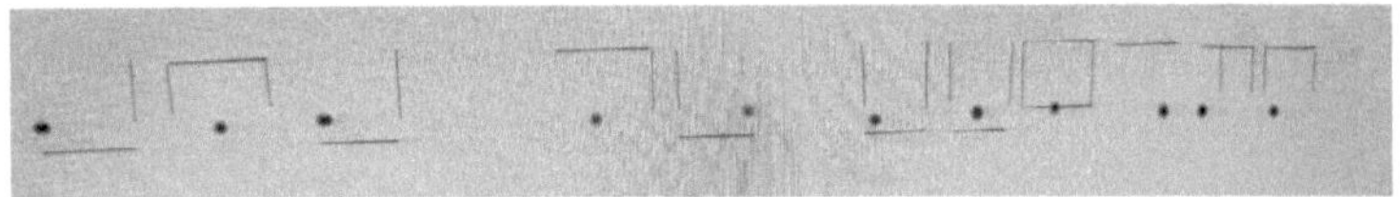

Ignacio había tomado alguna vez en su vida clases de Criptografía. De hecho, estaba familiarizado con los bigramas de Blas Vigènere inventado en 1586, pero este usaba letras y números. También había estudiado el sistema Scytale que usaban los espartanos en un bastón cilíndrico. Esto era totalmente nuevo para él.

Tito esperaba que Ignacio descifrara el mensaje que le había escrito. Cuando miró su cara pálida supo que lo había comprendido:

A v à s ì d e n t r u
Ahora estás dentro

Esta era la forma de Don Clemente y su organización de marcar los lugares de reunión. De hecho, en varios sitios de las capitales centroamericanas y en México, se encuentran estos símbolos extraños en la parte superior de las puertas o al costado de ellas. Ahí se escribía con antelación la hora y la fecha de las reuniones.

Tito había iniciado a Ignacio en la organización,

ahora no podía salir de esto. Nadie sabe el código secreto de la mafia sin estar dentro de ella. La situación comenzó a empeorar para Ignacio.

—*Hè una grande pazzia di scontrassi cù quelli chì ùn ponu nè vince nè sorte* —*añadió Tito. (Es una gran locura encontrarse con quienes no pueden ni ganar ni empatar).*

—*¿Sì polizia Carlos?* —demandó Tito con tristeza en su rostro. *(¿Eres policía Carlos?).*

—Sí lo soy—respondió Ignacio bajando su cara.

—*Site assai stupidu Carlos, o hè ancu u vostru nome?* —añadió Tito enfurecido. *(¿Eres muy estúpido Carlos, o ese tampoco es tu nombre?).*

—Ese no, ese no es mi nombre —prosiguió Ignacio. —Me llamo Ignacio Aguirre. Soy agente de investigación. Y me enviaron a investigar un caso.

—*È questu casu hà da fà cù u mo babbu?* —preguntó Tito desconcertado *(¿y este caso tiene que ver con mi padre?).*

—Sí, andan detrás de tu padre porque la Cosa Nostra, ha caído en Los Estados Unidos, y tu padre es el último bastión para acabar con esa organización criminal —contestó Ignacio sin opción a mentir.

—*Sapete chì una regula di a mafia hè di dì sempre a verità quandu vi dumandanu qualcosa?* —contestó Tito. *(¿Sabías que una regla de la mafia es decir siempre la verdad cuando te preguntan algo?).*

—*Chì hà salvatu a vostra vita per avà u mo caru amicu* —sentenció Tito sonriendo *(esto ha salvado tu vida por ahora mi querido amigo).*

Por el momento Ignacio estaba a Salvo, Tito no diría nada a los otros compañeros de prisión para respetar la integridad de la vida de Ignacio, pero debía esperar instrucciones de Don Clemente. Ahora su vida estaba en sus manos.

Ignacio estaba desconcertado, la moral de la mafia era incluso más alta que la de sus compañeros policías. Era obvio que uno de los suyos lo había traicionado y ahora Tito que pudo denunciarlo y dejarlo a merced de 500 reos para que lo mataran, no lo hizo. Eso lo tenía muy confundido.

Al siguiente día, a las 6:00 a. m., un oficial de policía del centro penal llamó a *Carlos Eduardo Flores Stein*. Ignacio dio un paso adelante e intercambió algunas palabras. El oficial le ordenó recoger sus cosas porque estaba en libertad.

Muy cautelosamente, se dirigió al dormitorio cuarto y buscó a Tito. Le comentó que iría en libertad. Tito lo abrazó diciéndole en el oído: *"A lealtà hè pagata cun lealtà, è u tradimentu cù u sangue. avà u vostru destinu hè in e vostre mani" (la lealtad se paga con lealtad y la traición con sangre. ahora tu destino está en tus manos)*.

Ignacio asintó con la cabeza, no recogió nada, se fue con lo que tenía puesto. Al salir del centro penal. Una camioneta Lincoln Aviator color negra estaba esperándolo con su respectivo chofer y una persona en el asiento de atrás. Era Don Clemento Guerino.

—¿Debes tener muchos pantalones, niño para meterte en la cueva del Lobo? —preguntó don Clemente.

—*Un mañoso non parla e se parla vuol diré che non e un mañoso, ma un pazzo* —respondió Ignacio. *(Un hombre astuto no habla y si habla, dirá que no es un hombre astuto, sino un loco)*.

Don Clemente se sorprendió muchísimo de la respuesta de Ignacio. Habló en perfecto corso, como todo un mafioso. Ignacio iba reflexionando sobre la traición de sus compañeros y la generosidad de Tito de preservar su vida.

Mientras iban en camino, don Clemente explicaba

a Ignacio sus opciones de ahora en adelante. Le dio el nombre de la persona que lo había traicionado: Julio Pineda, su jefe.

Ignacio no podía creerlo, pero don Clemente confesó que recibió una llamada de Don Julio, contándole que tenía toda la información de sus cuentas, de sus contactos, de sus negocios y que todo lo había obtenido por medio de Tito.

—*Chì u mo figliolu hè scemu*—pensó en voz alta don Clemente. *(Ese hijo mío es estúpido)*.

Ignacio, trató de defender a Tito, contándole que su hijo no había proporcionado ni nombres, ni información que comprometiera nada. Pero don Clemente, lo calló.

—Es demasiado tarde. No confío en mi hijo, y tuve que tomar una decisión. He violado nuevamente el código OMERTA y he delatado a cambio a toda la Federación Internacional de Fútbol, donde la Mafia por años ha sobornado desde árbitros, hasta manipulado sedes de copas mundiales. Eran ellos o mi familia —confesó don Clemente.

El auto se detuvo en la oficina de la policía local donde trabajaba Ignacio, su jefe lo esperaba en la puerta principal. Don Julio Pineda, hizo un gesto fascista a Don Clemente, y éste arrugó la cara.

Ignacio desconcertado, bajó del coche y subió con su jefe a la oficina mientras éste le propinaba una palmada en la espalda.

—¡Lo hiciste muchacho!, nunca dudé de ti —comentó el jefe.

—¡Nos diste a un pez gordo!, tenemos a cincuenta dirigentes de la Federación de Fútbol Internacional y a un príncipe heredero involucrado en delitos que van desde fraude, lavado de dinero y soborno por más de

$150 millones de dólares. Esto es suficiente para un ascenso —continuó Don Julio muy emocionado como si poner la vida en peligro de Ignacio valiera la pena.

Ignacio renunció esa misma tarde. Al despedirse, le dijo a su jefe en perfecto corso: *"L 'uomo veramente uomo no rivela mai niente, neanche sotto le pugnalate. Ci hè più etica in a maffia chè in st'uffiziu di u collu biancu". (El verdadero hombre nunca revela nada, ni siquiera bajo las puñaladas. Hay más ética en la mafia que en esta oficina de Cuello Blanco).*

Se marchó leyendo una nota que don Clemente le dio en su carro:

"No se puede sonreír siendo un infame. Debes ser *omu ri panza* como nuestra familia."

Ignacio sonrió porque no se consideraba un infame y no podía serlo con las personas que le perdonaron su vida. Ahora sin trabajo en la policía, se dedicaría a buscar el código aprendido en las puertas de las ciudades y demostrarle a Tito que sería ese *omu ri panza.* Por alguna razón, Ignacio sentía cariño por Tito y una piedad compulsiva de protegerlo.

Don Clemente, mirando desde lejos a Ignacio, encendió su puro y le dijo a su chofer: ¡Vamos al centro penal, es hora de liberar a mi otro hijo!

2021
Julio César Hidalgo Calderón

Nació en San José, Costa Rica, en el año 1962. Es graduado de la Universidad de Costa Rica en Administración de Negocios.

En el campo literario escribe bajo un pseudónimo y dentro de sus obras se encuentran las novelas "El Cuervo", "Escalofríos", "La mansión de Grunewald", "Avatares del destino", "Juegos de poder" y "El velo de la locura"; entre otras de variados géneros. También, ha incursionado en la poesía y los relatos cortos con un compendio de cuentos denominado "La vida es puro cuento", donde explora temas como la vejez, las fobias, las relaciones interpersonales, el amor y el desamor.

En el año 2021 ganó el premio Luis Ferrero Acosta.

Viendo pasar el tiempo

He visto pasar el tiempo —me decía el viejo mientras se acomodaba los pliegues de su pantalón gastado, acomodado en un sofá reclinable en el centro de la sala— desde mi jubilación, hace ya más de cuatro lustros, me he sentado en la misma banca del parque, ese que queda bajando la cuesta de la vieja barbería donde me estrellé bajando sin frenos en mi bicicleta cuando tenía doce años. Hace ya setenta años de eso y aun puedo recordarlo perfectamente, cada metro que avancé en esa mezcla de temor y temeridad que me hizo explotar la adrenalina, el viento enredándome mi largo cabello que por aquel entonces era negro como el carbón y no como ahora, escaso y gris.

Son muchos los recuerdos que se me agolpan en la cabeza cuando pienso en mi adolescencia cuando el latir del corazón era frenético ante las aventuras que vivía con mis amigos de entonces, todos ellos ya fallecidos o tristemente encerrados en un ancianato, donde acumulan polvo y olvido, como los muebles viejos.

He vivido mucho, al principio muy rápidamente, donde casi no me tomé el tiempo para saborear la vida, luego a paso de hombre con responsabilidades y ahora, a un paso lento y cansado, como tratando de ralentizar el viaje que ha de llevarme a lo desconocido y en todas esas etapas fui acumulando recuerdos que son los que ahora me mantienen vivo.

¿Sabes, hijo mío? Puedo acordarme de los detalles más insignificantes con mayor claridad que aquellos que deberían haber sido más relevantes, he llegado a la conclusión de que la memoria es caprichosa e independiente de nuestra voluntad —dijo mientras tosiendo arrollaba un poco de tabaco con manos temblorosas— solo así se explica que no pueda acordarme de lo que cené anoche, ni siquiera sé si lo hice o no y sin embargo aún degusto el helado de sorbete que vendía don Patricio en su carrito con campanas, que nos anunciaba el mejor momento del día, en el infierno de calor del verano de hace setenta años. En aquel tiempo era feliz, no es que ahora no lo sea, es que comprender la felicidad no es fácil cuando no se tiene al lado con quien compartirla o al menos a quien decirle como cambia tu estado de ánimo, alguien que note tu sonrisa pícara o tu rostro lánguido, al final terminan fundiéndose en uno solo y te queda una sonrisa lánguida que para todo el que te vea es igual. Manuela murió hace ya muchos años, ella sí que me conocía, quizá me conocía más de lo que me conocía yo mismo. No necesitaba decirle que algo me dolía, parecía adivinarlo y sin yo pedirlo me traía las infusiones que requería o el alcohol con hojas medicinales con los que me daba una friega que me dejaba como nuevo. Manuela sí que me conocía. Fue triste sepultarla luego de que luchara tantos años con aquella maldita enfermedad que le ganó la partida, pero es que a la muerte no hay quien la venza, nos tiene tan seguros que no le importa darnos toda la vida de ventaja, al final, siempre nos alcanza. Así alcanzó a Manuela, al final de sus días, cansada y vieja como no me había dado cuenta hasta el día en que murió, me pareció que todos los años que se acumulaban en mí, a ella la estuvieron esperando para lanzársele encima en su último día. Aquel día envejeció treinta años. Hoy me duele más que antes —me dijo— me iré a recostar un rato mientras es la hora de tu cena y yo, me quedé esperándola con temor a despertarla cuando la vi tan cansada en la cama, hecha un ovillo de carnitas escasas. La arropé por si tenía frío y me fui a sentar al comedor a esperar no sé qué cosa.

He visto pasar el tiempo y con él a muchas personas, la mayoría de ellas murieron y de otras no volví a saber nada, que es quizá otra forma de morir, la más triste y solitaria. Nunca dejes que la gente deje de saber de ti, porque la verdadera muerte llega cuando nadie te recuerda —me dijo con voz cansada. ¿Ve ese viejo olmo? Fui yo quien lo sembró, al igual que el limonero y el olivo que está en la parte de atrás. Cada año los abono para que se mantengan fuertes. No dejes que los olviden, así no morirán jamás. Al viejo olmo cuando era pequeño, le tallé el nombre de Manuela en su rama más alta, así que, en su cumbre debe estar aun grabado. Así mi Manuela no morirá para siempre cuando yo me apague.

El sol entra por la ventana, hace un día hermoso, sería bueno ir al parque a sentarme en la vieja banca a ver pasar a la gente. No sé si hoy alguien me extrañará. Quizá la chica de colegio que me sonríe cuando pasa alegre hacia el instituto que está en la esquina del parque.

Prefiero no decirle que ese instituto lo cerraron hace más de veinte años.

—Muchos niños juegan a las escondidas y sus risas son un bálsamo, hoy no podré ir a escucharlos, hoy la mudanza me tiene ocupado. ¿Sabes, hijo?, Hay dos mil quinientos veinticuatro pasos desde aquí hasta la banca del parque. Antes eran menos, pero ahora son exactamente esos que te he dicho, ni uno más, ni uno menos. Justo a la mitad hago un descanso que me permita recuperar las fuerzas. El zapatero me espera con alguna historia graciosa, me quedo mirándolo golpear con su martillo el cuero y me alegra sentir el olor de la piel nueva, tomo una tira de cuero y la huelo. Todo lo nuevo huele bien, huele a juventud a tierra recién mojada por la lluvia, a limonero a olmo y olivo. Lo viejo no, lo viejo huele a alcohol con hierbas, a olvido…

—¿Sabe usted si donde me llevan hay cerca algún parque? —Me encojo de hombros. Manuela sí que lo sabría. Ella lo planeaba todo. No sé si planeó su muerte, quizá no quiso decírmelo para no preocuparme, pero ya sabía de antemano que se iría, quizá por eso la vi llorando o tal vez era solo que le dolía.

¿Sabe usted si habrá más de dos mil quinientos veinticuatro pasos, desde donde me llevan al cementerio?

No le respondo, solo lo miro y adivina la respuesta pues sonríe lánguidamente.

—Seguro que los habrá. El mundo era más chico cuando yo era de tu edad, ha crecido mucho desde entonces o quizá sea que nosotros nos vamos encogiendo, puede que a eso se deba que ahora sean más pasos los que me separan de la banca del parque.

Nací en esta casa que tendrá más de cien años, es una lástima que la boten para construir el progreso. Al menos me han dicho que el olmo con el nombre de Manuela, el olivo y el limonero se quedarán allí adornando los jardines.

Volteo la cara hacia otro lado para que no lea mi pensar.

Me dicen que adonde voy, hay muchas personas de mi edad ¿Es eso cierto? Asiento.

—Eso es bueno, no se debe revolver lo nuevo con lo viejo, porque lo nuevo toma el olor a alcohol y yerbas. Por eso mis hijos se fueron hace ya muchos años. No debe tardar mucho para que sus hijos sientan que huelen a alcohol de friegas.

Saca un viejo papel gastado que está forrado con un plástico —supongo que esto ya no me servirá más— lo leo, es una lista de cosas por hacer cada mañana, la cierra un «recuerda que te quiero mucho» y el nombre de Manuela.

Lo más difícil será dejar la rutina. Me tomó mucho tiempo valerme por mí mismo. Manuela me lo hacía todo y cuando tuvo que irse quise irme con ella para no tener que atender a un anciano. Ella si sabía hacerlo bien. Era metódica. Siempre empezaba las friegas por la corva de la pierna derecha y acababa en el cuello. El olor del alcohol me reconfortaba, era olor a cuido. Cuando estaba Manuela no era el olor a lo viejo sino el olor a cariño, a preocupación a interés. Ahora ya no huele más a eso, huele a tedio y solo lo sigo haciendo porque me ayuda a recordarla.

Extrañaré la rutina. —Hace una larga pausa que me hace sentir incómodo. —Dicen que en el lugar al que me llevan los fines de semana juegan al bingo —continúa— eso está bien, aunque deberé acostumbrarme a perder, supongo, Manuela lo jugaba conmigo, ella lo cantaba y yo, ponía granos de maíz en los números conforme iban saliendo, siempre ganaba yo. Aún debe estar el cartón y los granos de maíz en la gaveta de la mesa de noche ¿Sería tan amable de empacarlo con mis cosas? No sé si cada uno debe llevar su cartón al sitio adonde me llevan. Espero que quien cante lo haga como lo hacía Manuela, despacio para que tuviera tiempo de recorrer todo el cartón.

—Seguro que lo harán, viejo —le digo— y me sonríe lánguidamente. Miro sus manos llenas de surcos y venas saltadas, su piel cuadriculada y flácida en extremo y la comparo con las mías. Son tan diferentes y a la vez tan parecidas. Miro sus ojos y son los mismos de hace muchos años. Los ojos deben ser la parte del cuerpo que menos envejece. Lo ayudo a levantarse del sofá que es el único mueble que falta por subir al camión de las mudanzas. Son tan pocas las cosas que tiene el hombre que apenas si ocupan sitio en el camión. Siento deseos de sacar el olmo con el nombre de Manuela en sus ramas más altas, de empacar el limonero y el olivo, seguro habría lugar para ellos al sitio donde lo llevo. Se aferra a mi brazo y lo siento cansado. Echa una última mirada al lugar donde nació hace ya tantos años. Afuera todo ha cambiado. Nada es lo mismo. Ya no está el instituto en la esquina del parque, ni la barbería, ni el puesto del zapatero donde olía las tiras del cuero nuevo. Quizá solo está la banca donde solía sentarse. Pasaremos al frente para un último adiós y tal vez ya mañana la habrá olvidado, quizá es mejor que no la recuerde, quizá la pérdida de la memoria temprana no sea una enfermedad sino la piedad de Dios que no nos deja recordar por mucho tiempo en lo que nos hemos convertido. Lo ayudo a caminar hasta el auto. Va a su paso. Ahora no me extraña que el parque esté a dos mil quinientos veinticuatro pasos, ni uno más, ni uno menos. Abro la puerta del coche y le ayudo a entrar, al cerrar la puerta, el vidrio me devuelve mi imagen, estoy allí, parado, con la vieja casa del abuelo de fondo, viendo pasar el tiempo.

2022
Wilbert Arguedas Pizarro

Nació en La Fortuna de Limón, un 4 de junio de 1962. Vive en Barva de Heredia. Estudió en la Universidad Nacional de Costa Rica (UNA) y en la Universidad de las Ciencias y el Arte. Es licenciado en la Enseñanza del Español. Actualmente, es profesor de Literatura Costarricense en la Cátedra de la Lengua y Literatura en la Universidad Estatal a Distancia (UNED) y asistente administrativo en el Liceo San José de la Montaña. Obtuvo el primer lugar de poesía en el Certamen Pablo Neruda Vive, 1986 y en el Certamen de Narrativa Luis Ferrero Acosta, 2022. Ha publicado artículos de análisis literario para la revista Espiga (UNED).

Con los pies color de mostaza

«En un restaurante se embadurna los pies con mostaza».
Leonora, de Elena Poniatowska

Rosaura, sentada adelante, al lado derecho, mira a través del parabrisas o, por ratos prolongados, miraría por la ventanilla de su costado. A veces, levanta su antebrazo refrescando su axila blanca rasurada o apoyaría su codo en la ranura de la salida de la luneta de la puerta. También, recuesta su cabeza en su puño o abre la mano y se quedaría algún rato ensimismada, sin pensar en nada serio. El automóvil lo conduce Antonio. En esos días tendría cabello oscuro con finos hilos marfileños. Serio. De palabras directas. A él se le respeta en sus negocios de construcción, a pesar de que solo obtuvo el título de dibujo arquitectónico en un colegio técnico.

Ahora conduce con algún desgano. Le pesan las horas de manejo y de calor. Por la carretera de lastre avanza en dirección contraria a su automóvil una camioneta, con velocidad moderada aunque de sus neumáticos se levantan terrestres nubes de polvo blanco. Al acercarse el carro de Antonio, detrás de ese telón de polvo, se le representan en su mente unas pequeñas figuras, planas, distantes o frías como las de una maqueta, de los hombres que caminan por ambos lados del camino; solo entonces, de esa simple operación mental Antonio pasa a una representación real dada por su lenguaje fotográfico aprendido... son los peones de la constructora. Llevan en sus hombros herramientas para trabajo en la reconstrucción o reparación de caminos. Arrastran un carretillo y un cansancio de un día más de sol y viento salino. Van en hileras pequeñas ordenadas por ambos lados de la calzada, porque las simetrías son una percepción más de la realidad.

Justo cuando pasó cerca de ellos tocó suavemente la bocina. Luego observaría por el retrovisor y no vería nada debido a la estela de polvo repetida que dejó el paso del automóvil. Después, parecería que los hombres se alargaban o le alargaban un adiós cuando alzaban sus brazos y sus manos abiertas con lo cual, al bajarlas, se sacudían el polvo de su cara y de su ropa.

—Andá, pué, qué babosos esos señores del chunche ese —dijo Manuel—. En lugar de pasar más calmadito por la carretera cuando uno va, pasan levantando polvazales.

—¡Ujú! —carraspeó alguno de los otros hombres.

—Así, ni modo. Ellos son los que disfrutan de lo que uno se suda aquí, voj —dijo el hombre que llevaba el carretillo.

—Sí, pué. ¡Qué vaina! Si por lo menos el polvo se aplanara en el camino, pero no... Más bien, se queda bailándole a uno encima, el condenillo... —dijo uno al que llamaban Juan Gris; un morocho que llevaba un pañuelo sobre la cabeza, anudado por las cuatro esquinas. —¡Qué vaina, esa!

—Y... ¿Y reclamarle a quién, según ustedes? —se quejó con una pregunta el que venía de último en la cuadrilla del lado derecho del camino granulado de lastre poco compactado, seco.

Lejano, solo se vio el brillo del vidrio de la luneta trasera, seguido de una polvareda gris y amarillenta de la grava cribada y triturada.

—Me aburriría mucho más si viviera por estos lugares tan secos —dijo Rosaura al dirigirse a Antonio—, aunque sea para buscar fortuna.

—¿Cómo?... —preguntó Antonio, sin esperar respuesta ni réplica alguna. En ese instante saca un cigarrillo de algún bolsillo e intenta darle fuego con el encendedor automático del tablero de instrumentos en donde las agujas del reloj analógico marcan 03:45 minutos, así la aguja pequeña marca el número tres y la aguja grande marca el número 9 formando un ángulo llano. Al lado del reloj, el radio en volumen quedo encuentra un campo acústico con un *blues* de Buddy Guy que va desarrollándose con las cuerdas graves de un bajo electrófono que dialoga con un *riff* rápido y enérgico en el que intervienen los aerófonos en favor del equilibrio.

—Se me olvida que no sirve —dijo—, y se queja con varios chasquidos suaves y sonoros entre labios subiendo la lengua hasta el paladar duro. El cigarro apagado se mueve cual metrónomo entre sus dedos alargados.

Ella lo mira con fijeza y cambia su modo de sentarse, de manera que pasa una pierna por debajo de la otra; la encoge y se sienta sobre la misma. Antonio, entonces, mira las curvas libres de los muslos blancos que la enagua arregazada muestra; son las mismas curvas que veo en las montañas en cada viaje, en el curso sinuoso de los ríos que veo desde la altura de las montañas y las cordilleras, en las nubes glotonas que veo en el cielo, y en el cuerpo de toda mujer amada. De ondas está hecho todo el Universo... Al volver de esta divagación le dice a Rosaura:

—Vos te vas a acalambrar.

Ella miraría por el retrovisor de su puerta hasta el fondo, alargando la vista hasta un no sabría qué, hurgando en la distancia entre ella, el retrovisor y el camino. Vería solamente el camino o la ilusión del camino, lleno de polvo y polvo.

—Dejá, Antonio, es cosa mía —replicaría ella cercando los límites de su ánimo.

Él, sonrisa transida. El cigarrillo apagado descansa entre los dedos, después volvería al bolsillo.

Ella en su mente con ironía exclama «se te quiere Antonio, se te quiere…», rememora como le dijeron unas antiguas compañeras de clases. Viene a su mente el día en que invitó a los Eduardos al rodeo de su venganza, sería el día del almuerzo aquel cuando se enteraría de cómo poco a poco este o aquel se había ido alejando de ella sin darle señas, solo por irse... Fue astuto el cabrón, me rodó. Pero se llevó su sorpresita el día en que lo descubrí y lo atraje a mi cena de amargura. Le apliqué su mismo jarabe. Qué cara estúpida puso cuando se iba a meter la mísera cucharada de arroz o el tenedor enrollado de espagueti y le solté el aguacero. Qué caras de estúpidos, esas. Allá lo vi largarse con todo en su bicicleta y su automóvil.

Largo rato después pasan frente a las casas resecadas por el sol y de color pardo con manchas de líquenes amarillentos pegados a la madera como viejas calcomanías descoloridas y redondas. Dentro de una zanja pequeña, cerca de los ranchos, una mujer muy anciana le da forma rectangular con una pala herrumbrada y, cerca de ella, por fuera de la zanja, una niña en pantaloncito de color crema, en camiseta y descalza, corre y levanta los brazos con tierra chorreada. Un perro sale debajo de unos matorrales, ladra y se detiene cerca de unos cocoteros enanos. Rosaura ve a la mujer clavar la pala y remover unas piedras en la zanja. La anciana, en sus esfuerzos, apenas si atina a levantar la cabeza. Luego, endereza su cuerpo enjuto y entero; coloca la pala en el suelo y se queda mirando el carro que pasa furtivo. Se pone una mano en el vientre ligeramente abultado y con la otra, a media altura, saluda la nube de polvo. Más adelante, en el corredor de un rancho una adolescente barre con una escoba de maíz de millo. También mira el carro pero sin soltar la escoba. Rosaura se queda viendo, nada más, sin atinar a responder el saludo de las campesinas y se arrellana en el asiento. La distancia que alcanza el automóvil, en unos segundos, la aleja de las ordinarias obreras. Mucho después, en un potrero, un sabanero joven con su camisa anudada a la altura del estómago, montado en un caballo blanco, arrea un hatillo de cebúes. Rosaura no se inmuta tampoco. Entonces, para salir del tedio inicia una conversación con Antonio.

—Antonio, ¿estos campesinos qué siembran para comer, ellos? —interroga con cierto aire de inocencia.

—Algunos arroz, maíz o frijol, lo más común. ¿A vos qué te parece? —contesta Antonio con una interrogante sin filo–.

—¿Qué me parece? Y…¿por qué me tiene que parecer? Digo, es o no es —riposta Rosaura como cuando una gatita tierna saca una uñita, la muestra y la guarda—. Y… ¿eso lo cosechan todo el año?

—No —enfatiza él.

—¿Entonces?... —prueba ella con otra uñita.

—Entonces, no ves vos, que ellos trabajan… —Antonio levanta un poco la voz al ser rasguñado levemente–. Bueno, o sea, ¿es que acaso no miraste a los hombres del camino con sus herramientas?

—O sea, Antonio —punza ella con apenas un pinchazo de una laminita de gatita—, ¿ellos no son campesinos de verdad?

—O sea… Bueno, quizás no. ¿Qué digo? Quizás sí. Son de origen campesino. Pero…, pero, dejaron sus trabajos agrícolas porque la tierra en estos días está seca o ¿qué importancia tiene?, si lo único que sé es que trabajan como empleados de la constructora de Sergio, punto.

—¿Punto? —y la palabra resuena a tiro preciso—. Ella insiste con un contragolpe. ¿Querés decir "para" la constructora? ¿Y no: «de» la...?

—¡Eso es majadería! —dijo él cuando cae de bruces en el cálculo que había montado ella.

Solo entonces ella vio venir la arremetida. Espera, cual gatita que se eriza y encorva el lomo, y, también, tira y prueba vacilante, pero sabe qué desea.

—Y sus tierras, que aquí veo enmara...enmara...enma-ra-ña-das de arbustos secos, ¿qué?... —dijo a propósito con tartamudeo para hacer creer a Antonio que era ella la que estaba caída como aquella tierna gatita escondida detrás de la pata gorda de un sofá desde donde se ven apenas unos brillitos conmovedores de ojitos pardos.

—¿Qué? ¡Bueno...! —exclama irritado Antonio—. Así pasan casi todo el año. Es nuestro punto fuerte del proyecto, es decir: calor, sol, playa... Tal vez compremos algunos terrenos para construir condominios o, ¿para hacer condominios? —Antonio mueve los hombros en forma circular para eliminar la tensión y estira los labios enjutos.

—¿Para hacer condominios?

—Claro condominios.

—«Construir» condominios... —prueba ella en caída libre, cual vuelo silencioso, placentero y seguro de gatita desde lo alto de una mesa hasta el piso; y desde donde viene blandiendo sus puñalitos curvos y tiernitos de sus patitas delanteras.

—¡Hum!

—Y...y ¿qué pasará con los pobladores? —arremete

con el punto al que ella desea llevar a Antonio—. Me refiero, digo, ¿también los pescadores que viven cerca de los campesinos? Rosaura con un ademán intenta darse a entender mientras agrega: lo que quiero decir es que si los van a correr para que no nos estorben cuando vayamos a pescar o algo así...Bueno, digo, me incluyo en el plan vacacional... Tal como escuché que hicieron cerca de la costa de Papagayo.

—Eso es cierto, bueno... eso. Aunque suena muy despectivo. ¡Fíjate!, tenemos que correrlos por lo menos un par de kilómetros. Pero ellos no quieren, ¡qué van a querer!, pienso. Será difícil, incluso, hacerlos correr otro tanto sus caseríos. No sé qué va a suceder porque el proyecto ya avanza, ya sabés vos... —él se deja caer en la red de Rosaura con explicaciones de justificación.

—No, no sé —lapida Rosaura con cierto aire arrogante y triunfal; luego sonríe para sí. La gatita tierna recoge el rabito alrededor de su tibio cuerpo canelo y cierra los ojos.

En el restaurante de la costa colocaría en una silla su bolso tejido con asas de bambú dentro del cual le habrían solicitado guardar un libro de Niemeyer, de la editorial Mondadori; me quitaría estas maxi gafas de aro blanco con lentes oscuros, me habría cubierto el cuerpo del sol con el caftán de lino egipcio colorido y para cubrirme la cabeza llevaré esta pamela de yute y mi cabello en trencitas finas alrededor de la cabeza o usaré mi atemporal tocado rosado trémulo que me hubiera gustado que tuviera pequeños detalles de tul, para cubrirme contra las energías negativas como me dice mi amiga de Cahuita dueña del Restaurante *Miss Edith;* atuendos que le darían algo que aprendió en el Conservatorio: ese aire escénico a su presentación personal, todo lo cual decidió ponerse desde el día en que miró una fotografía de una matriarca negra de Senegal preparando en un traste grande de latón un poco de cereal o desde el día remoto en que vio una película de Grace Kelly en la que usa tocado también. Llevaría un pequeño paño de rizo africano de algodón con el que se habría limpiado la cara y los brazos en el lavatorio. Antonio fumaría ya y bebería whisky. Rosaura lleva el caftán dentro del cual se siente empoderada y no desea que se resalten sus bustos a través de la tela, al menos, no ahora, tengo mis límites de decoro y respeto para mí misma, no soy una gata callejera ni parezco. Antonio le tendería una despaciosa mirada con sus ojos claros y brillantes de irritación por el sol y el polvo. Le sonreiría con deseos ardientes para que ella le respondiera de igual forma, para que se sintiera mujer de él, solamente deseada y agradada por él; pero, ella, apenas abriría sus labios y de su vientre se le vendría a salir por la nariz irritada una expiración discreta, prolongada y algo sostenida.

—«Hombre», hace calor, ¿eh? ¿Y no vamos a bañarnos o algo así, Antonio? —arremete Rosaura otra vez con interrogantes.

—Dejá, mujer. Lo del baño después -dice Antonio con aire de autoridad—. Ahora estoy ansioso por ver a René y a Sergio…Ah, ahí vienen; ponte presentable. Digo, pues, que sonrías, chiquilla.

Ella recriminándose a sí misma: «¡puñeta mierda! No sé el por qué le dije que sí; que sí me moría por venir.»

En la terraza del restaurante el sol daba horizontal. Abajo, el mar era una planicie ondulada azul oscura. Desde la altura se veían ambos lados de una colina marina y las manchas oscuras de caminos asfaltados sinuosos y caprichosos que ella imaginaba eran las corrientes cercanas de la costa pero que en verdad eran los derrames difuminados de agua de sentina de las barcazas pesqueras y los grandes yates turísticos. Más allá, una de esas barcazas venía a fondear en la cercanía de la caleta que se miraba toda completa desde la altura y agudizando la vista pudo ver el nombre de *La negrita* en la proa. Luego, la perdió de vista. Ella miraba aquella planicie acuática sin pensar en nada más que no fuera darse un baño en su aparente serenidad. Si tan solo me fuera posible ir un momento; se lo diré a Antonio mientras conversa lo de su negocio con ellos… La verdad me gustaría hacer lo de la amante de aquel poema que un día nos leyó en el colegio el profesor don Wilbert, el de español. A ver si me acuerdo…, por lo menos sé que es de un escritor de apellido Alberti… A ver…; ah, sí, sí, ya:

> *«Descálzate, amante mía,*
> *deja tus piernas al viento*
> *y echa a nadar tus zapatos*
> *por el agua dulce y fría».*

¡Qué bonito, por algo me lo aprendí! ¡Ahora, hacer eso, es otra cosa!»

—Antonio —dijo ella persuasiva—. Amor, disculpa…

—Un momento, Rosa, un momento…

—Vaya socio, atendé, es tu mujer, ¿no? Y a ella primero —le advierte cortésmente René, y, luego, con sorna, le dice: –No temás, hombre, que no cuchichearemos nada sucio detrás de tu espalda.

—Ja, ja, ja, ja, uuuh —rieron todos, menos ella.

—Bah, René. ¡Qué espere! —dice Antonio sin reparo de desprecio o queriendo ser recio entre varones.

—Antonio —insiste ella, ahora como Rosaura porque la gatita angora blanca del ensueño ya se había difuminado en el camino; detrás de un brillante biombo de seda japonés hizo mutis—, quiero ir a la playa mientras ustedes dejan de hablar. Por favor, ¿sí?

—Esperá, mujer —replica Antonio sin ceder—. Ya acabaremos e iremos los dos juntos.

Yo también estoy sofocado y encima este polvo del camino me tiene la garganta irritada.

Rosaura realiza un chasquido donde su lengua, despacio, va hacia el techo de su boca; le muestra una furia con una mueca, algo que Antonio no capta; retrayendo sus mejillas. Al fondo, las nubes gordas y grises paulatinamente se oponen al azul del cielo.

—Antonio, si es solo ir y venir —dice ella como rodando las palabras como gotas por una pared blanca a la que intentan penetrar.

—¡Vaya cuento, mujer de Dios! Bueno, pues... ¡No ves que ya casi llueve! Ella hace un puchero ligero, desapercibido.

—Sí, hombre, vete —prosigue Antonio—. ¡Es solo ir y venir!

Ella vacila un poco, no sabe si su cólera tiene derecho a manifestarse o que ella deba amigarse con su enojo, pero da la vuelta lentamente, busca repararse. Apenas vaya a la cabina me voy a pintar de mostaza los pies como hizo Carrington en aquella cena, se dice con altivez. El mar llegaba con las olas sincrónicas a la playa. Unos turistas barrigones, con acento italiano y con unas chicas recién bronceadas, se bañaban cerca de la orilla. Se tomaban fotografías dentro del agua. A veces salían a tomar cerveza, que conservaban dentro de una hielera roja. Cerca de ellos, unos pescadores iban con sus redes y herramientas de pesca mientras reían de sus ocurrencias y la gracia de ver a uno de ellos correr detrás de un cangrejo cerca de unas pequeñas acacias con espinas secas y unos palitos lijados por el mar y la arena.

Lejano, el horizonte era un muro gris de lluvia y viento fuerte que se venía a dar seco en la cara.

Rosaura bajó cerca de unas peñas medianas, por un amplio camino de grava que al final tenía unas gradas de cemento corroído por la misma naturaleza de viento, sal y arena. Vestía ya un traje de baño de una sola pieza, con tiras para enlazar por la nuca. Los barrigones y las chicas iban hacia sus cabinas. Pasaron cerca sin prestarle atención concentrada. Ella recibió el viento salitrero y ardiente de lleno en la cara y su cabello se bamboleaba furioso, sin gracia, desordenado, dándole latigazos en las mejillas. No llegó a la playa. Se detuvo en el escaño final. La lluvia olía, desde ahí, a brea. Los pescadores se miraban al final del playón ahora gris como haciendo bromas y riendo. Y la soledad tan repentina del desierto de la playa, llena a Rosaura de nostálgico sosiego. En lo alto, Antonio le hace señales, llamándola, para que vayan juntos a su cabina, a asearse. Acude a su mente aquel fáunico «Autorretrato» de Carrington…, si tan solo me pudiera ir en aquel caballito con todo y pantalones blancos para montar, se dice. En sus ojos lleva el crepúsculo que está indeciso entre el claroscuro.

2023
Walter Torres Rodríguez

Nació antes de tiempo en el año 92. Se graduó de la Universidad de Costa Rica en el año 2019, específicamente, de Licenciatura en Educación Primaria. Actualmente, trabaja como profesor de Español en una escuela. Ingresó, en 2018, al taller Joaquín Gutiérrez donde incursionó en el oficio de poeta. Ha publicado dos libros: "Cinefilia" (2020) y "Niños ferales" (2023). Ganó el certamen literario de la UCR en el 2019, la selección anual de poesía de la EUNED, el Certamen Luis Ferrero Acosta y el UNA Palabra en el año 2023. También, ganó una mención de honor en el certamen UNA Palabra con su cuentario "Cabeza 'e chancho" en 2022. Su poemario "Vuelta al útero" se publicará en 2024 bajo el sello de la EUNA. Un par de sus textos han aparecido en algunas revistas y antologías.

La piel negra de los osos polares

Let the cursed and hellish monster drink deep of agony;
let him feel the despair that now torments me.
(Mary Shelley)

All that we see or seem Is but a dream within a dream.
(Edgar Allan Poe)

Un sueño

A ambos lados de la cara, se derrama la melena de la bestia. Llueve y atormenta, se agita y se diluye junto a su sangre. Sostiene la pata restante con ambas manos, es tan grande como el torso del hombre más fuerte. La piel es impenetrable, eso lo supieron las lanzas y los perdigones que se atrevieron a enfrentarla, pero es eso: la piel es impenetrable, nada más. En sus ojos no se distingue el salvajismo del instinto animal, sino un pecado tan antiguo como Caín. Las garras no luchan por cortar la yugular, sino por enterrarse en el corazón. La pata restante ya no se mueve, es un pilar de carne reventada que con costos sostiene el peso del animal. Tiene la piel de un dios, pero sus huesos y sus entrañas son las de un hombre mortal. En un momento de desesperación, tuerce la mano del león y, como el ladrón que le roba al ladrón, entierra una de sus garras en su propio pecho. Y no basta con alzarlo frente a la multitud en llamas, eso no sería suficiente para un pueblo ingrato. Con una de las garras, desolla al monstruo y su piel cae en la arena. Y los allí presentes ven el hueso y los músculos expuestos y se ven a sí mismos y sienten el respeto que solo infunde el temor a Dios. Se coloca la piel sobre los hombros y allí mismo cae al suelo. Cuando despierte, los ingratos habrán cortado su melena sagrada y lo habrán amarrado a los pilares de una iglesia colonial, con los cuatro miembros estirados, sin posibilidad de movimiento. Los niños le tirarán piedras a la cabeza y se tomarán fotografías instantáneas. Cuando intente pedirle fuerzas al cielo, de su garganta saldrá un rugido que, en lugar de miedo, provocará risas y aplausos.

¿Habrá sido Sansón el que mató a Heracles o al revés?

Fig. 1. Taller de taxidermia

En aquellos tiempos, esto era más una artesanía que otra cosa. Ninguno en el taller ha recibido mayor formación técnica que la práctica constante. Y ya ni tan constante, usted sabe. Antes mandaban a alguien al monte y tome, una pila de bichos muertos que usted no sabía qué era de qué. Más de una nueva especie nació entre tanto desorden, esa es la verdad. En la bodega tenemos guardados unos especímenes que, a quien los hizo, se le olvidó cómo era el animal cuando estaba vivo. Pero, con todo y todo, esa gente sí era de verdad, los auténticos taxidermistas de este país, los pioneros, los legítimos, no ese montón de patas vueltas quesque universitarios. Esos ven un animal en una tablet y piensan que ya saben sacarle el pellejo. Esto es un oficio, no una carrera. Que vengan y se cuadren a ver si es cierto. Pero como ahora todo es título. Qué diría mi mama, que en paz descanse, si viera una cosa de estas, es lo que yo me pregunto.

Y sí, con tanta ley de protección animal, lo que nos caen son bichos enfermos o decomisados. Muchos no vienen ni completos, así se lo pongo. La otra vez fue un cariblanco. Se murió en un santuario de vida silvestre. Muy lindo y todo, pero venía sin una manita.

Santuario, qué nombre más feo. Suena como si sacrificaran animales o los adoraran. Al rato y alguien se la guardó para pedirle deseos. Para no cansarlo con el cuento, la cosa es que lo completamos con otro mono que vino poco después. Lo decomisaron en un restaurante allá, en la zona sur, ¿muy feo? Le dieron en el pecho con la escopeta y no quedó mucho que rescatar. Le hicimos un guante al otro, por así decirlo. Quedó bien, pero la gente se empezó a quejar, que la mano era de otro color, de otra especie, viera usted. ¿Y qué culpa tiene uno? Que me traigan un mono completo, entonces.

Un señor de mucha plata donó el terreno, el edificio y los primeros ejemplares. ¿Qué cómo se llamaba? El nombre está a la entrada del museo, muchacho. Los que donaron al principio eran traídos de las Europas, ni más ni menos. Preciosos, qué más le voy a decir. Como le digo, mi mama y los otros fueron pioneros, se jalaron muchas tortas. Esos otros eran especiales, animales de todo el mundo, bellísimos. Con todo y todo, el oso polar es mi favorito. Usted lo ve hecho leña, pero ¿cuántos años tiene? La gente piensa que, por estar disecado, la piel no envejece y eso no es así nomás.

¿Este? Sí, es el del zoológico, el que se acaba de morir. Por eso le digo que solo pedazos traen aquí. Yo también quiero que lo cierren, es un pecado tener a un animal de estos en semejantes condiciones. Yo tengo una foto con él en una excursión de la escuela, grande, poderoso. Ahora véalo, un hueso. Ya estaba muerto hace años, solo que hasta ahora se dieron cuenta. Eso sí, ¿cuántas veces en la vida puede uno disecar a un león?

Yo prácticamente nací aquí. Me trajeron un par de

veces en excursión y sabía más yo que el guía. Es más, terminaba la visita y me quedaba con mi mama. Ella fue siempre mi más grande orgullo, que me perdonen mis hijas. Y aquí estoy, en la misma silla, manteniendo su legado vivo. ¿Que qué le pasó? Que la querían mandar al loquero. Decía que los animales se movían cuando se quedaba sola. ¿Se imagina lo realistas que eran? Como le dije, los años pasan factura en un museo de taxidermia.

Lo trajeron ya desollado, la piel tratada. Lástima no haberlo visto vivo para hacerse a la idea. Pero es lo que hay. Nos mandaron estas fotos recientes para hacernos a la idea, pero vea qué tristeza. Al principio nos mandaron un modelo en tresdé y no sé qué otras cosas, parte del plan de renovación, pero yo los paré en seco: aquí hacemos las cosas como Dios manda, y nos mandaron las fotos. Solo que yo no me guío con esas tan espantosas, yo me guío con esta. Ese soy yo con el uniforme de la escuela. Ese es mi león.

Vea, mi mama y los de antes eran artesanos. Imagínese que ella era costurera, hágale números. Ellos eran artesanos, los nuevos dicen que son científicos, pero yo no soy ni lo uno ni lo otro; yo soy un artista. Véala. Esta es la estructura en madera, un león de verdad. Va a parecer de los tiempos de la biblia. ¿Sabe qué es lo que pasa? El problema es que tratan la piel ellos y lo hacen mal, y luego le dicen que está muy jalado o muy tieso. ¿Qué culpa tiene uno?

Le voy a contar algo, pero que quede aquí entre nos. ¿Usted ve esa puerta al fondo? Es la cámara de refrigeración. Le cambiaron la llave. ¿Por qué? Plan de renovación. ¿Ve lo que le digo? Esa piel de león por poco y nos la quitan. Dicen, yo no sé si es cierto, que trajeron una piel de oso polar. ¿Se imagina? La traían unos coreanos, una gente de mucha plata. Decomisada. Quién sabe qué querían hacer con eso, una alfombra o algo así. Ahora sí me dieron por donde me duele. ¿Usted sabe de qué color son los osos polares? El pelaje es blanco para camuflarse en la nieve, pero la piel es negra negra. Dicen que para captar mejor los rayos del sol. Lo que es Dios.

Dos sueños

El sol acecha tras la silueta negra del brazo. Bajo sus pies, la arena reposa amontonada y crepita como las cenizas tras un incendio forestal. Se detiene. Antes, proyectaba una aguja sobre este gran reloj de arena, pero esta es la hora a la que las sombras se van a dormir. Busca por instinto algún punto de referencia: adelante, un mar muerto; a los lados, dunas, y, atrás, nada. O eso parece ante el ojo inexperto, pues la arena respira y este desierto es una bestia fuera de tiempo. En su piel se secan hasta los espejismos y ninguna planta se atreve a parasitarlo; se dedican a rodar en vez de echar raíces. Asincopado, respira a bocanadas secas y largas. Los granos se precipitan por la garganta y revolotean en los pulmones. Siente a la bestia con la mano izquierda. La derecha es una aguja negra plantada en medio de la nada, como un árbol que se quema desde la raíz. Lo cubre con la muda de piel que encontró entre las rocas, siente que frena el avance del veneno. El sol desciende, pero él no se mueve. Una de sus sombras se expande sobre su piel. La otra, serpentea a sus espaldas y, con la oreja pegada al lomo, busca aquel cascabeleo seco, escondido bajo el frío crepitar de la arena.

Fig. 2. Plan de renovación: justificación del proyecto (fragmento)

Por otro lado, resulta de vital importancia aclarar que no demeritamos de ningún modo la grandiosa labor de los artesanos que por tantos años han servido al Museo de Ciencias Naturales. Consideramos que su labor es invaluable: sin ellos no se hubieran podido abastecer y renovar las diferentes salas que, durante décadas, han aproximado a niños, jóvenes y adultos a lo largo y ancho de todo el territorio nacional a especies animales que, de otra forma, no hubieran visto en sus vidas y, todavía más importante, haciéndolo de una forma en la que las especies no sufren por el contacto humano, como sí lo hacían en circos y otros recintos donde se encierra todo el día a los animales en jaulas, espectáculos que claramente pertenecen al retroceso y la barbarie.

Aclarado ese punto, debemos ver la realidad del mundo actual: la taxidermia ha dejado de ser un oficio artesanal. Al hacer un análisis exhaustivo tanto de las piezas expuestas como de las almacenadas en las bodegas, hemos podido encontrar anomalías como las siguientes: piezas en las que el tallado en madera no coincide con la anatomía de la especie en cuestión, como se puede apreciar en las figuras 8 a 17 (ver índice de figuras); [...] piezas en la que la piel se deteriora rápidamente por ser estirada en exceso para amoldarse a la madera, como en las figuras 48 a 134; piezas en las que se utilizó la piel de distintos especímenes, como en las figuras 135, 147, 149, 150 y 153, e, incluso, de especímenes de diferentes especies, como en las figuras 136, 138, 151 y 152; [...] además de muchas otras que se detallan mejor en el capítulo tres.

Por otro lado, estos problemas afectan a la percepción del público general y, por lo tanto, el número de visitas y la cantidad de dinero recaudado. Como se puede apreciar en los datos de la tabla 3 (ver índice de tablas), el número de visitantes anual ha decaído en un 45% en los últimos 5 años. [...] Según una entrevista realizada a los visitantes (ver anexos 4, 5 y 6), quienes marcaron la opción "No, no volvería a visitar el museo" declaran que la principal razón es que "la calidad de las piezas es deplorable". Otros declaran sentirse atemorizados por estas, por lo que prefieren visitar únicamente la sala donde están los embriones en formol.

[...]

En países del primer mundo, ejemplos de progreso y bienestar para el nuestro, en vías de desarrollo, los taxidermistas son profesionales preparados para realizar esta labor, como cualquier curador de arte, por ejemplo. Además, para esta práctica, están también capacitados en el uso de herramientas tecnológicas acordes con los últimos avances.

[...]

El proceso de reestructuración de la planilla incluye los siguientes pasos:

1. Reemplazar: se dejará el taller a cargo de los profesionales graduados de la salida alterna a las carreras anteriormente mencionadas.
2. Educar: se le dará la opción a los trabajadores más jóvenes para estudiar un técnico impartido por los mismos profesionales contratados.
3. Reubicar: a los trabajadores de mayor edad que aún no tengan la oportunidad de pensionarse, se los reubicará en otros puestos para los que sí estén capacitados, como en el área de mantenimiento, por ejemplo.

4. Pensionar: el personal que ya haya cumplido con las cuotas necesarias, podrá pensionarse y disfrutar de su vejez con dignidad.

Tres sueños

Con tanta agua entre pecho y espalda, no entiende cómo se mantiene a flote. Tampoco sabe si habla de él mismo o del gran pez. La tormenta cae en bloque sobre el Amazonas. Los límites de la corriente se desdibujan hacia los márgenes, también hacia arriba. Lo que no muere ahogado bajo la superficie lo hace por la humedad del aire. El arapaima flota en el centro de la corriente, si es que tiene algún centro, y avanza imparable hacia el océano como una roca enorme colina abajo. Solo lo que nace en el agua sobrevivirá al diluvio. Pierde la consciencia intermitentemente, no recuerda por qué se ha lanzado al río. ¿Intenta pescarlo con las manos desnudas o solo se aferra a él para no hundirse? Lo abraza para calentarse un poco, pero consigue todo lo contrario. Desconoce si es por estar muerto o si es solo la naturaleza de las bestias del río. Como último recurso, se introduce a sí mismo a las fauces del arapaima; un Jonás voluntario. Le cierra el hocico y se echa a dormir. Espera el fin de la tormenta o el día del Señor.

Fig. 3. Tres notas periodísticas sobre el incidente
Fig. 3.1. Nota del periódico (fragmento)

Durante la madrugada de este jueves, un hombre ingresó a las instalaciones del Museo de Ciencias Naturales y falleció en el sitio. Según testigos, se trataba de un manifestante miembro de la Federación de Estudiantes. Se presupone que esta invasión deliberada de propiedad privada se llevó a cabo como parte de un performance artístico para denunciar el maltrato animal en la sociedad moderna. El joven se cubrió con la piel de una criatura aún no identificada en una de las salas del museo. Esta imprudencia ocasionó que un oficial de seguridad del museo se asustara y le disparara en, al menos, tres ocasiones con su arma reglamentaria.

Fig. 3.2. Nota del noticiero (fragmento)

En otras noticias, un trabajador que fue despedido por recortes presupuestarios muere congelado en una cámara de refrigeración del Museo de Ciencias Naturales. El hecho se dio la tarde del miércoles cuando un adulto mayor de apellido Vargas quedó atrapado en esta cámara por error. Según nos informan, murió producto de la hipotermia. Los trabajadores que lo encontraron a la mañana siguiente reportan que se introdujo en el hocico de una especie exótica de pez o lagarto del río Amazonas, probablemente para protegerse del frío. Sus antiguos compañeros de trabajo lo califican como una víctima más de la nueva administración.

Fig. 3.3. Nota del blog (fragmento)

Murió congelada una mujer en las instalaciones del Museo de Ciencias Naturales. Según nos informó el guarda de seguridad, la mujer se introdujo durante la madrugada con el fin de robarse la piel de un oso polar que le había sido confiscada a una embarcación proveniente de Norteamérica. La encontraron en el suelo cobijada con la piel, probablemente para soportar las bajas temperaturas. No se conocen las razones por las que estaba interesada en este artículo en particular, pero se sabe que era miembro de una secta religiosa extremista. Aunque esta es información aún no confirmada, se rumorea que mantuvo relaciones sexuales con algunos de los cuerpos almacenados.

Cuatro sueños

Cierra la piel con una mano y, con la otra, se arrastra. Deja detrás de sí un trazo rojo a través de la costa, de esa costa tan blanca, tan blanca. Se combinan dos pieles, dos sangres, se desdibuja la línea entre hombre y bestia que, más que una línea, es una cicatriz. El oso polar es el único que caza activamente a los seres humanos para alimentarse. Sus ideas se congelan, no recuerda la batalla, tampoco el delirio de adrenalina que sufrió para desollar al animal. El ser humano es el único que caza activamente a los osos polares para alimentarse. Un par de oseznos, probablemente sus crías, siguen la línea que se dibuja en la costa tan roja. Tan roja. Desde abajo, los peces golpean el hielo y enseñan los dientes. No sabe si buscan a su madre o lo buscan a él. Desde arriba, la tormenta arrecia y el cielo muestra sus entrañas. No sabe si buscan alimento o venganza. Se coloca en la orilla y rompe el hielo. No recuerda cómo se llama esa herramienta inuit, tampoco cómo llegó a ese lugar. Los oseznos son abandonados en la costa y lloran por su madre y por el hambre, al mismo tiempo, está seguro. Flota a la deriva con la esperanza de ser rescatado por un barco, pero las horas pasan, lo sabe aunque no ve el sol. Desconoce si allí el sol sirve para calcular el tiempo. Se envuelve con la piel de la osa, pero el frío se escurre entre la herida en su vientre. Y es un frío *que no parece una ausencia, sino una cosa con sustancia*. Desde dentro, con el hilo y la aguja, zurce la piel de la osa en vez de la suya. Mete con el puño sus intestinos ya insensibles y se sumerge en una oscuridad tan palpable como el mismo frío. Sueña que es un oso que sueña que es un pez y ese pez que es una serpiente y esa serpiente que es un león y ese león que es un hombre y no una bestia. Afuera, el mar acuna su moisés improvisado. A pesar de su pelaje, la sangre, tan roja tan roja, lo distingue del témpano. Un grupo de turistas lo ve pasar junto a su barco, pero, en vez de rescatarlo, le toman fotos con su cámara instantánea. Lo único que ven es al monstruo.

Índice

www.ingramcontent.com/pod-product-compliance
Lightning Source LLC
LaVergne TN
LVHW040943150826
845672LV00002B/517

* 9 7 8 8 4 1 2 9 3 3 1 7 8 *